KB007814

너머의 세상

너머의 세상

초판 1쇄 발행 | 2013년 3월 4일

지은이 주원규
발행인 이대식

편집주간 김세권
책임편집 최하나 **마케팅** 임재홍 윤여민 **디자인** 모리스

주소 서울시 종로구 평창길 329(우편번호 110-848)
문의전화 02-394-1037(편집) 02-394-1047(마케팅)
팩스 0505-115-1037(02-394-1029)
홈페이지 www.saeumbook.co.kr
전자우편 saeum98@hanmail.net
블로그 saeumbook.tistory.com
페이스북 facebook.com/saeumbooks

발행처 (주)새움출판사
출판등록 1998년 8월 28일(제10-1633호)

ⓒ주원규, 2013
ISBN 978-89-93964-53-0 03810

너머의 세상

주원규 장편소설

새흘

몇 년 전, 지금은 하늘나라에 계신 외할머니와 같은 방을 쓴 적이 있습니다. 할머니와 제가 한방을 사용하게 된 복잡한 사연까진 말하지 않더라도, 할머니가 홀몸이셨으며 약간의 치매 증세가 있으셨던 것까진 밝혀도 무방할 것 같습니다. 몸이 불편한 할머니는 의사소통이나 감정 전달, 어느 것도 수월하게 하시지 못했습니다. 저는 그런 할머니를 어느 때부터인가 아주 조금은 성가신 존재로 생각했고, 그때의 감정은 할머니가 작고하신 후로 오랫동안 제게 부끄럽고 후회 가득한 여운으로 남았습니다.

같은 방을 사용한 적잖은 시간 동안 할머니는 온전치 못한 기억의 저편을 떠올리곤 하셨는데, 그때마다 기억의 종착지는 언제나 동일했습니다. 할머니는 치매를 앓는 환자들의 공통된 특성처럼 쉼 없이 어디론가 갈 것을 요구했고, 장소도 꽤 구체적이었습니다. 할머니는 자신이 가길 원하는 서울 인근의 동네를 주문처럼 부르고 또 부르곤 했습니다. 저는 어머니로부터 할머니가 말하는 동네의 기원을 듣고 난 뒤 놀라지 않을 수 없었습니다. 할머니가 가고 싶어 하셨던 그곳은 당신의 인생에서 가장 힘들고 고달팠던 지난한 삶의 자리였기 때문입니다.

요절한 할아버지를 대신하여 9남매 건사를 위해 온갖 바지런을 떨어야 했던 그곳, 지난한 삶의 애환과 고달픔이 묻어 있던 그곳을 할머니는 제 방 창문가에 앉아 부르고 또 불렀습니다. 신기한 건 그 동네 이름을 부를 때 보여준 할머니의 표정이었습니다. 당신의 얼굴엔 한가득 미소가 번져 있었습니다. 기억조차 하기 싫은 서글픈 가난과 씨름했던 그곳이 할머니의 희미한 정신 속에선 가장 찬란했던 추억의 한때로 복원되는 듯했습니다. 그때 전 확신했습니다. 치매를 앓는 할머니의 기억 속엔 가장 힘들었던 순간과 기쁜 순간이 맞닿아 있다는 믿음이 그것입니다. 아마도 희망은 뼈저리게 힘들었던 순간을 복기하고 추억함으로써 저 너머의 희망을 더 강렬히 열망할 수 있는 동력이 되는 건 아닐까 싶습니다. 제가 기억하는 할머니의 희망은 그런 의미로 기억 한구석에 또렷이 자리 잡고 있습니다.

너머의 세상

『너머의 세상』을 쓰던 내내, 그리고 이렇게 책으로 엮어내게 된 지금, 또 앞으로도 제 마음속엔 어쩌면 영원히 잊을 수 없는 고통과 희망이 공존할 것 같습니다. 모든 것이 무너져 내린 오늘의 우리네 삶은 분명 고통입니다. 하지만 고통의 이면엔 희망, 저 너머의 세상이 존재하지 않을까요. 비록 그 믿음이 허망한 꿈이라 할지라도 저버리기 힘든 것, 그 절박함이 글쓰기를 지속하게 하는 유일한 버팀목이라 말해도 과언은 아닐 것입니다.

작품 발표에 애써주신 새움출판사 가족 여러분께 머리 숙여 감사드립니다. 아울러 이제는 이계異界의 공간에서 함께 숨쉬게 된 S와도 또 한 권의 책을 상재하는 소중하고 분명한 기쁨을 나누고 싶습니다.

2013년 2월
주원규

1장

인간의 하루

1

타워팰리스 B동 2001호 앞.

석구, 형우와 가람, 그리고 우빈. 네 명의 소년들이 문 앞을 가로막고 섰다. 형우와 가람은 긴장한 낯빛이 역력했다. 우빈은 석구를 살폈다. 석구는 껌을 씹고 있었다. '씨발', '엿 같은' 욕설이 섞인 독백을 반복했다.

석구는 자신을 보고 있는 우빈과 눈을 마주했다. 우빈은 아무 말도 않고 계속 그를 바라봤다. 한동안 둘은 서로를 쳐다보기만 했다. 우빈은 석구가 무슨 행동을 할지 두려움으로 바라봤다. 녀석은 속으로 소리쳤다. 무슨 일이든 하지 말라고!

우빈의 속앓이로 끓는 외침에 석구는 단 한 가지 행동으로 답했다. 뒷주머니에서 잭나이프를 꺼내 보인 것이다. 그것으로 답은 끝난 거라고 석구는 생각했다. 그리고 내뱉었다. 대상이 없는 증오의 독설을.

"여기까지 왔어, 여기까지. 씨발, 다 죽여버릴 거야. 죽여버린다고."

우빈이 침을 삼켰다. 석구로부터 눈길을 피해 2001호 복도

너머의 세상

천장을 올려다봤다. 전등 불빛을 똑바로 응시하자 갑자기 어지러웠다. 모든 것이 엉켜버렸다. 우빈은 문득 물었다.

'왜, 왜 우리가 여기까지 온 걸까? 돌아갈 순 없을까?'

2

이번에는 '김숙자'다.

세영은 매번 자신에게만 촌스러운 이름의 명찰이 달려 있는 유니폼이 지급되는 것이 맘에 들지 않았다. 한 번이라도 제 이름 석 자가 제대로 있었으면 하는 마음에 세영은 직접 자신의 이름을 복사한 종이를 대신 끼워 넣기도 했다. 물론 그 즉시로 팀장에게 멋대로 다른 명찰로 바꿔 달지 말라는 주의를 받고 떼어내야 했지만.

정직원과 비정규직의 비율만 보면 비정규직 숫자가 월등히 많은 편이다. 대형 마트만 그런 걸까, 하는 생각을 자연스레 떠올리기도 했지만 그런 생각은 어쩌면 세영에게 사치에 가까웠다. 세영은 대형 마트의 본사, 즉 원청 회사에서 고용한 용역 업체의 직원이다. 그러므로 그녀는 비정규직조차 아니다. 세영은 가끔 금요일 조회가 끝날 때쯤 비정규직 직원들끼리 모여 정규직과의 차별 시정을 요구하는 좌담회를 본사 측 직원들과 함께 갖는 장면, 혹은 그들 스스로 단결하는 모습을 목격할 때마다 기분이 좋지 않았다. 그녀가 기분 상해하는 이유가 유치할 수

너머의 세상

도 있다. 하지만 그 상심의 이유는 세영에게 절박할 만큼 분명했다. 적어도 비정규직 직원들에겐 자신의 이름으로 할당된 유니폼은 지급된다. 그마저도 아닌 세영에겐 자신의 이름이 달린 유니폼조차 없다. 그렇기에 세영은 출근만 하면 내내 풀이 죽고 기운이 빠져 지내야 했다.

아침 조회 내내 세영은 팀장과 눈을 마주치려 애썼다. 마트를 관리하는 본사 정규직 직원인 김 팀장은 최근 판매2팀 용역직원들 중에서 우수 사원을 발탁해 본사에서 직접 관리하는 비정규직 직원으로 재계약하는 고용안정책을 발표하겠다는 말을 했었다. 그때 세영과 함께하는 판매2팀 직원들은 비정규직 승급 이동 대상으로 대부분 세영을 예상했다. 판매2팀의 사원 대부분은 파트타임으로 일하는 사십대 중후반의 주부들이었기에 세영은 자연스럽게 기대를 걸었다. 비록 세영이 생각해오던 꿈과는 조금씩 멀어져가는 초라하고 소박한 기대였지만, 그래도 그녀는 이런 소박한 기회에서조차 소외당하는 일이 자신을 더 견디기 힘들게 만들 거란 생각을 했다.

그런데, 어쩌면 당연할 것으로 기대했던 고용안정책 발표를 김 팀장은 일주일이 지난 지금까지 미루고 있다. 금일 아침 조회 역시 예외가 아니었다. 판매 촉진 수칙만 기계적으로 낭독하던 김 팀장은 서둘러 판매2팀 조회를 마무리했다. 세영이 팀원들 중 마지막까지 남아 사무실 벗어나는 걸 망설였지만, 그게 전부였다. 김 팀장은 세영과 눈 마주치는 것조차 한사코 피했다.

그렇게 어색하고 실망스런 아침 조회를 마치고 근무 장소에 돌아와 식료품을 정리하던 세영에게 김 팀장이 다가왔다. 세영은 김 팀장의 등장이 마냥 반가웠다. 정리하던 식료품을 내려놓고는 구부렸던 상체를 펴고서 김 팀장에게 인사했다. 세영의 인사를 받는 김 팀장 역시 표정이 어둡지 않았다. 오늘따라 유난히 깔끔해 보이는 줄무늬 와이셔츠 차림의 김 팀장은 밝히웃으며 세영에게 캔 커피를 건넸다. 김 팀장의 호의에 세영이 주위 눈치를 살폈다. 다른 판매원 동료들을 의식했지만 그들은 애써 모른 체했다.

김 팀장은 세영이 망설이자 직접 캔 뚜껑을 딴 다음 다시 캔을 건넸다. 그런 김 팀장의 다른 손엔 자신의 것으로 보이는 캔 커피가 있었다.

가볍게 인사한 세영이 캔 커피를 받아들곤 한 모금 삼켰다. 빈속에 삼키는 커피는 세영에게 별다른 맛을 전해주지 못했다. 단지 쓰기만 했다. 공복이라 그런지 커피 액상이 몸속 깊이 타고 내려갈수록 그 쓰라림은 더했다. 하지만 세영은 내색하지 않았다. 하늘 같은 정규직 팀장이 건네는 호의다. 더욱이 지금은

너머의 세상

서둘러 물품 정리를 끝내고 마트 내 방송에서 흘러나오는 음악에 맞춰 아침 체조를 해야 할 시간이다. 이 시간에 이런 식의 특혜를 베푼 김 팀장의 배려는 자연 세영에게 그간 예정된 통보, 용역 회사 직원의 비정규직으로의 전환 이야기를 기대하게 했다.

캔 커피를 손에 쥔 김 팀장이 조용히 세영을 식료품 코너의 끝에 위치한 주류 보관소로 데리고 갔다. 때맞춰 사내 방송에선 요란하다고밖에 말할 수 없는 체조용 음악, 마트 브랜드 홍보 강화 차원에서 작곡된 캠페인 송이 흘러나왔다. 하루에도 수백 번 넘게 반복해 듣게 되는 지겨운 멜로디, 세영은 캠페인 송의 소음을 피해 조용히 김 팀장 뒤를 따랐다.

"힘들지?"

"아니에요. 괜찮아요."

"아주머니들이야 자식들 교육 때문에 나온다지만, 세영 씨는 젊고 예쁜 학생인데 얼마나 따분하고 힘들겠어."

"아니, 괜찮은데."

"그 힘든 거 내가 잘 알아. 그래서 내가 이번 고용안정책 명단에 세영 씨를 추천한 거고."

"감사합니다."

세영이 자신도 모르게 허리 숙여 인사했다. 김 팀장은 세영이 인사하는 모습을 만족스럽게 지켜보며 흐뭇한 미소를 지었다. 인사를 한 뒤 고개를 들어 올린 세영의 눈에 언뜻 김 팀장의 미소가 들어왔다. 그 미소를 발견하자 세영은 왠지 서글픈 마음이 들었다.

세영은 이곳은 자신이 있어야 할 곳이 아니라는 생각뿐이었다. 그 다짐은 입사 첫날부터 지금까지도 계속되고 있다. 마트 판매 사원이란 직업이 저급하다거나 마음에 들지 않아서가 아니다. 자신에겐 아직도, 앞으로도 지속되어야 할 꿈의 실현을 위한 대학 공부가 남아 있기 때문이다. 시각디자인이란 전공을 살려 디자인 분야에 진출하고 싶은 희망과 기대가 세영의 마음을 사로잡은 계획의 전부였기에 이곳에서의 일에서 보람을 찾는다는 건 솔직히 힘든 일이었다.

하지만 그런 세영을 더욱 힘들게 하는 게 있었다. 대학을 휴학하고 1년 가까이 마트에서 일을 했지만, 버스비조차 아까워 자전거를 이용해 출퇴근하는 억척스러움을 지속했지만, 돌아오는 건 끝이 보이지 않는 채무의 청산뿐이며, 점점 더 대학으로 돌아갈 수 있는 길은 멀어져만 간다는 사실이 그녀를 서글프게 했다. 그 서글픔의 무게를 더하는 건, 만약 세영이 이번 1년조차 비정규직으로 재계약되지 않으면, 지금 하청 업체에게 위탁을 받아 운영되는 용역 업체에 소속된 상태로는 마트에서 일할 기회가 1개월, 2개월 정도가 고작이란 사실이었다. 1년만 더,

1년만 더 버티면 그래도 복학할 수 있을 거란 실낱같은 기대가 있기에 세영은 그 기회를 붙잡고 싶었고, 그래서 김 팀장의 말이 고마웠는지도 모른다. 끝 모를 서글픔이 마음 한구석 켜켜이 쌓이는 것을 그대로 남겨둔 채.

"그런데 말이야. 문제가 있어."

"예?"

인자한 미소를 머금던 김 팀장의 표정이 돌변했다. 1년 가까이 김 팀장을 지켜본 세영은 그의 표정을 확인하곤 가슴이 덜컹 내려앉았다. 하루에도 십수 번 표정의 변화를 보이는 김 팀장의 종잡을 수 없는 기질이 언제나 아랫사람인 세영과 판매원들을 긴장하게 만들곤 했다.

순식간에 표정이 무겁게 가라앉은 김 팀장이 양복바지 뒷주머니에서 서류 몇 장을 꺼내더니 세영에게 건넸다.

"이게 뭐예요?"

"세영 씨 용역 업체에서 받아본 급여 서류인데, 보면 알 거 아니야."

세영의 얼굴도 함께 굳어갔다. 세영은 서류의 내용을 확인하지 않고도 김 팀장이 무슨 이유로 문제 운운하는지 대략 짐작할 수 있었다. 짐작은 되었지만 세영은 항변하고 싶었다. 하지만 항변은 단지 그녀의 입속에서만 맴돌 뿐이다. 서류를 받아든 세영에게 김 팀장이 말을 이었다. 그의 음성엔 한가득 짜증이 배어 있었다.

"그 쥐꼬리만 한 월급에도 가압류가 붙으면 어떡해. 이렇게 신용 관계가 지저분한 직원 추천했다간 나만 욕먹는다고. 그래서 망설이고 있어."

"이게 그렇게 문제가 되나요?"

"나 참, 세영 씨. 세영 씨가 사회생활을 많이 안 해봐서 모르는 모양인데, 이렇게 월급에 압류 붙고 하는 직원들이 대부분 사고 치는 거야. 창고 물품 한두 개씩 슬쩍하고, 캐셔라는 계집들은 어떻게 해서든 백 원짜리라도 삥땅 치려고 눈 벌겋게 뜨고 앉아 있고. 내 말 알아들어?"

세영은 더 대꾸하지 않았다. 할 말은 많았고, 할 수만 있다면 소리라도 버럭 지르고 싶었지만 참을 수밖에 없었다. 이곳에서의 왕은 본사 소속인 김 팀장이고, 판매2팀 팀원들은 용역 회사란 이름의 힘없는 약소국에서 조공으로 팔려온 포로들이므로. 세영은 이곳에 남아 있는 한 김 팀장의 말에 절대복종할 수밖에 없다는 현실을 너무 일찍 받아들인 청춘이었다.

할 말이 없어 고개만 숙이고 있는 세영의 어깨에 어느새 김 팀장이 손을 얹었다. 세영이 다시 고개를 들었다. 방금 전 짧은 한숨을 내쉰 김 팀장이 다시 마음을 가라앉힌 듯 인자한 표정으로 세영을 바라봤다. 여전히 흥분을 가라앉히지 못했던지 홍조 띤 얼굴은 그대로였다.

너머의 세상

"아직 보고를 하지 않았다고 했지. 비정규직 승격이 안 됐다고는 말 안 했어."

"예?"

"세영 씨, 나 말이야."

그때였다. 체조 음악이 멈추고 요란한 구호와 외침이 이어졌다. 그와 때맞추어 세영의 바지에서 휴대폰이 울리기 시작했다. 아침에 일어나기 위해 휴대폰을 벨소리 모드로 바꿔놓은 걸 진동으로 전환하지 않은 탓이다. 판매2팀 사원들이 분주하게 움직이다가 흘깃 김 팀장과 세영을 바라봤다. 알람을 위해 벨소리를 최대로 올린 까닭에 세영의 휴대폰 소리가 그들의 관심을 사로잡은 것이었다.

김 팀장의 표정이 다시 험악하게 돌변했다. 뭔가를 말하려던 김 팀장이 그대로 세영의 어깨에서 손을 떼더니 캔 커피를 신경질적으로 한 모금 들이켰다. 그러곤 한 걸음, 그녀로부터 물러서며 명령하듯 말했다.

"전화나 받아. 신경 쓰이니까."

"죄송합니다. 진동으로 해놓는다는 게……."

"정말 뭐 하나 해도 엉망진창이야."

"죄송해요, 팀장님."

"이따 다시 얘기해. 그리고 일할 때는 아예 휴대폰 꺼놓고 있어. 걸리면 가만 안 둘 줄 알아!"

학생을 나무라는 선생의 말투로 세영을 다그친 김 팀장이 그대로 돌아섰다. 자신에게 등을 보인 김 팀장에게 사과의 인사를 남긴 세영이 서둘러 휴대폰을 꺼내 액정에 나온 발신자 번호를 확인했다. 확인하자마자 세영은 그대로 긴 한숨을 쉬곤 못다 한 식료품 정리를 위해 자신의 자리로 걸어가며 전화를 받았다.

3

수요일 오후 4시.

교복 차림은 아니지만 석구의 모습은 누가 봐도 고등학생으로 보였다. 석구뿐만이 아니었다. 석구와 한패를 이룬 형우와 가람, 그리고 우빈까지. 이들 네 명은 평일 오후 4시에 학교가 아닌 다른 곳에 모였다.

가장 늦게 도착한 건 우빈이었다. 석구와 형우는 일주일 전부터 함께 먹고 잤으니 모이는 시간 역시 동일했고, 가람은 집과 약속 장소가 멀지 않았으므로 오후 4시 정각에 이곳에 도착했다. 10분 늦은 건 우빈이었다. 10분 늦으면서도 우빈의 걸음걸이는 빠르지 않았다. 주위를 두리번거리며 머뭇거리는 기색이 역력했다. 그런 우빈의 태도를 내내 못마땅하게 쳐다보던 석구가 한 소리 지르고 말았다.

"빨리 안 뛰어와?"

우빈을 성가시게 여기던 석구였다. 자신들과의 일상에 크게 동감하지도, 그렇다고 아예 멀리하는 것도 아닌 우빈의 어중간

한 모습만 보면 단숨에 녀석의 뺨이라도 올려붙여 버릇을 고쳐주고 싶은 게 다혈질인 석구의 솔직한 심정이었다. 하지만 오늘은 그럴 만한 여유가 없었다. 석구와 일행이 서 있는 이곳 타워팰리스에 들어가려면 우빈의 노하우가 절대적으로 필요했기 때문이다. 석구와 형우, 둘은 경멸의 감정이 섞인 눈길로 타워팰리스 C동 건물을 올려다봤다.

눈으로만 어림짐작해도 50층은 넘을 것 같은 초고층 빌딩인데, 이곳이 사람 사는 주거지라니. 더욱이 입주민이 아닌 사람들은 심지어 배달원까지도 경비실에서 방문 허가 카드를 받아야 들어갈 수 있는 이곳. 하지만 지금 석구와 일행은 이곳을 들어가야만 했다. 자신들과 아무 상관도 없는 곳이지만 어떻게해서든 석구는 이곳으로 들어가야 한다고 결심하고 또 결심했다. 우빈은 그런 석구를 할 수만 있다면 말리고 싶었다. 우빈이 말했다.

"꼭 들어가야 돼?"

"무슨 소리야. 이제 와서."

"다른 방법도 있잖아."

"다른 방법이 있음 설명해봐."

"집 밖으로 불러내 두들겨 패든가. 아님 밖에 나왔을 때 붙잡든가."

"녀석이 우리 전화도 받지 않는데 순순히 집 밖으로 나오겠어? 그리고, 밖에 나갈 때도 항상 운전기사인지 뭔지 하는 양아치 새끼하고만 움직이는데 그게 되겠냐고."

"그렇지만 이렇게 하면 일이 더 커질 수 있어."

"그래, 커지겠지. 하지만 여기서 더 나빠질 게 있는 새끼 있어? 한번 말해봐. 날 설득해보라고."

석구의 언성이 높아졌다. 더 나빠질 게 있느냐는 질문을 던짐과 동시에 석구가 C동 정문 옆 가로수 벤치에 모여든 세 명의 친구들을 노려보듯 살폈다. 형우, 가람. 반사적으로 고개를 가로저었다. 지금 그들에게 '더 나빠질 것'이란 존재하지 않았다. 덜도 더도 아닌 딱 지금의 상태가 그들에겐 최악이었다. 둘을 바라본 석구가 다시 우빈을 바라봤다. 우빈이 석구를 바라보며 마른침을 삼켰다. 하지만 바로 답하지는 못했다. 석구의 질문은 들으면 들을수록 쓰라리고 아프지만, 그렇지만 외면할 수 없는 정답이었기 때문이다.

석구와 형우, 가람, 우빈은 같은 고등학교를 다녔다. 하지만 이들은 고등학교 1학년 때부터 어긋나기 시작했다. 지역평준화의 혜택을 받은 게 화근이었다. 공공임대아파트에 살거나 지역에서도 주거지가 안정적이지 못한 아이들 소수가 강남의 8학군을 자랑하는 학교의 일원으로서 공부하게 되었던 것이다.

우빈은 중학교 때까지만 해도 제법 반에서 몇 손가락 안에

꼽히는 성적을 기록했다. 고등학교에 진학해서도 우선은 학교에서 치르는 시험 성적은 곧잘 나오는 편이었다. 처음부터 공부에 흥미가 없던 다른 친구들, 석구, 형우, 가람은 생소하고 어려운 수학 공식, 듣지도 보지도 못한 난이도 높은 문제들을 접하자 손을 놓았지만 우빈은 그래도 따라잡을 수 있었다. 하지만 우빈을 좌절시킨 건 정작 다른 문제였다. 내신 성적만으론 붙잡을 수 없는 문제들, 모의고사, 입학사정관제에 따른 학생들의 스펙 관리, 8학군 부모들의 극성과 관심이 우빈을 외롭게 했다. 그건 비단 눈에 드러난 부모들의 교육열 문제만이 아니었다. 같은 반 아이들은 물론이요, 급기야 선생들마저도 이들을 외면하기 시작했다.

물론 겉으로 드러나진 않았다. 은근한 무시와 모멸이었다. 함께 급식하기를 꺼리는 동급생들, 문제 풀이를 묻는 것조차 성가시게 여기고 오히려 높은 성적을 거두는 우빈을 자기네들이 돌보는 학생들의 불필요한 경쟁자로 대하는 선생들의 불친절함까지. 처음에 우빈은 선생들이 자신을 외면하는 이유를 알지 못했다. 하지만 자신의 부모가 가난하기에, 같이 어울릴 수 있는 수준이 아니기에 무시한다는 걸 알아버린 순간 우빈은 차라리 그 이유를 몰랐으면 하는 자괴감이 들었다.

너무나 자연스럽게 나타난 외면의 결과는 석구와 형우, 가람을 비록 반은 모두 다르지만 하나의 그룹으로 묶어내는 데 이

너머의 세상

르렀다. 어릴 적부터 계속된 선행학습과 교육을 전쟁으로 생각하는 부모들의 광기 어린 교육열로 무장한 이 지역 출신들을 따라잡을 수 없다는 좌절감은 자연 탈선으로 연결되었다. 그리고 그 탈선에 결국 우빈도 휘말렸다.

이들의 탈선에 뒤늦게 합류한 지호가 있었다. 하지만 지호의 합류는 석구 일행과 성격이 달랐다. 지호는 8학군 지역에서도 최고의 재력을 자랑하는 타워팰리스에 사는 친구였다. 지호의 부모는 어릴 적부터 고액 과외와 개인 교습까지 시켜가며 우수한 성적을 기대했지만 결과는 항상 기대 이하였다. 지호는 자신에게 주어진 혜택을 당연한 것으로 여겼지만, 그에 따른 책임은 끔찍한 것으로 생각했다. 굳이 공부하지 않아도, 악기를 배우지 않아도 살아가는 데 아무 문제가 없어 보였으므로 지호에겐 그 모든 게 부모의 지나친 간섭으로만 여겨졌고, 그 결과는 무리로부터의 자발적인 이탈이었다.

지호는 석구가 주도하는 탈선의 시간이 썩 마음에 들었다. 8학군 근처 고등학교 주변을 전전하며 항상 지갑이 두둑한 동급생이나 후배들을 힘으로 제압해 돈을 빼앗는 일, 사복 차림으로 강남역 일대의 주점이나 바를 돌아다니며 술을 마시고 새벽까지 즐기는 일, 요란한 화장을 한 대학생 누나들을 길거리에서 헌팅해서 모텔로 들어가 시간을 보내는 일까지. 지호에겐 이 모든 것이 자신의 어릴 적 왕국에서 이뤄오던 장난감 놀이로만 보였다.

하지만 지호가 탈선의 결말, 그 끔찍한 현실을 맛보았을 때, 녀석은 결국 본색을 드러내고 말았다. 돈을 훔치다 경찰에게 걸려 인근 경찰서로 들어갔을 때였다. 석구와 다른 아이들은 지호의 행동을 보며 자신들의 눈을 의심했다.

지호의 부모가 뒤늦게 경찰서에 도착했을 때였다. 지호가 잔뜩 겁에 질린 얼굴로 엄마의 품으로 달려갔다. 녀석은 새하얗게 질린 얼굴로 석구와 아이들을 바라봤다. 지호의 모습을 지켜본 녀석의 아빠는 침착하고 냉정하게 물었다.

"똑똑히 말해. 저 녀석들이 협박한 거지?"

질문이 나오자마자 지호는 있는 힘껏 고개를 끄덕였다. 순간, 석구가 자리에서 일어섰다. 경찰들이 석구를 가로막았다. 녀석의 아빠가 다시 물었다. 석구를 가리키며.

"저 임대아파트 새끼가 너한테 자기네들 패거리에 들어오지 않으면 죽여버릴 거라고 위협했어? 그렇지? 그렇다고 말해."

두 번째 질문에도, 지호는 망설임 없이 고개를 끄덕였다. 그러곤 아빠 뒤에 숨어버렸다. 녀석의 아빠는 분노에 사로잡힌 얼굴로 석구를 향해 달려왔다. 그러곤 있는 힘껏 석구의 뺨을 내리쳤다. 그뿐만이 아니었다. 갑자기 공격당한 탓에 그대로 자리에 주저앉은 석구의 몸을 발로 짓밟았다. 경찰들은 가만히 지켜봤다. 그런 석구의 손엔 수갑이 채워져 있었다.

결국 지호의 부모는 지호에게 폭력을 교사하고 함께 어울릴 것을 강제한 납치 혐의까지 운운했다. 사건은 일파만파로 번져버렸다. 그 결과는 가혹할 정도로 분명하게 나타났다. 석구, 형우, 가람, 우빈까지 모두 학교로부터 제적 처분을 받음과 동시에 보호관찰 처분을 받아 매일 밤 하루의 일과를 보고해야 하는 처지가 되고 말았다. 반면 지호는 아무런 제재도 받지 않은 상태로 학교를 휴학해버렸다. 휴학을 한 지호는 부모의 권유로 이제 곧 미국 보스턴에서 어학연수를 시작할 예정이었다. 그리고 그날 실낱같이 남아 있던 우빈의 희망도 날아가버렸다. 제적 처분으로 인해 중간고사도 보지 못했고, 마지막으로 믿고 있던 내신 성적 또한 한순간에 무너져 내렸다.

4

"더 이상 시간이 없어."

"석구야."

"다음 주엔 미국으로 떠난다고 했으니까 오늘밖에 없어."

"다시 한 번 생각해봐. 꼭 이렇게까지 해야겠어?"

"씨발. 그만 입 닥치지 못해?"

"석구야."

"어차피 우리 이제 길바닥 인생이야. 제대로 버릇 고쳐주고 집 안에 꼬불쳐둔 돈 좀 뜯어가지고 지방으로 도망치자."

석구와 우빈의 대화에 가람이 끼어들었다.

"정말 지호 아빠가 신고 안 할까?"

"신고하고 뭐하면 지호가 경찰서 들락거려야 할 텐데, 그 번거로움을 왜 자처하겠어. 다음 주면 떠날 자식, 신경 쓰게 해주지 않으려고 그냥 보낼 거야."

"……."

"씨발. 만약 그렇지 않더라도 우린 손해 볼 거 없어. 어차피 보호관찰도 끝났고, 한바탕 벌이고 지방으로 숨어버리면 그만

너머의 세상

이야."

석구의 말들은 위태로웠고, 분명 책임감 있는 태도와는 거리가 멀어 보였다. 하지만 아이들은 석구의 말에 별다른 토를 달지 못했다. 석구의 말에 반대한다 해서 석구가 말한 방법을 능가할 만한 대안을 떠올리지 못했기 때문이다. 그건 우빈 역시마찬가지였다. 학교에서 제적당한 학생들을 받아줄 만한 곳은많지 않다. 일자리를 잡는다 해도 피시방이나 롯데리아, 편의점아르바이트가 고작이다. 이 상태 이대로 평생을 살게 될지도 모른다. 이런 상태, 어차피 더 내몰릴 것도 없는 상태에서 우리들을 배신한 지호에게 복수를 하는 것, 복수와 함께 타워팰리스에 사는 지호의 집에 넘쳐나는 돈의 일부를 가로채는 것, 이런일들을 저지르는 것 외에 딱히 다른 결정을 할 수 없는 게 엄연한 현실이라고 우빈은 생각했다.

C동 정문 앞에 선 우빈이 잠시 망설였다. 기억을 떠올리려는모양이다. 망설이는 상태가 좀 더 지속되자 초조한 듯 석구가말했다.

"뭘 꾸물거려?"

"기다려봐."

"자동문 비밀번호 알고 있긴 한 거야?"

"기다려보라니까."

망설임을 끝낸 우빈이 비밀번호 입력을 시작했다. #으로 포문을 연 손놀림은 열 번 가까이 숫자를 누르는 것으로 마무리되었다. 숫자를 모두 입력한 다음 우빈이 조심스럽게 별표를 눌렀다. 그러자 단번에 자동문이 열렸다. 석구가 외쳤다.

"나이스. 들어가자."

문이 열리자마자 네 명 모두 누가 먼저랄 것도 없이 C동 안으로 들어갔다. C동 복도 입구에서 우왕좌왕할 겨를도 없이 석구가 앞장섰다. 석구는 지하로 이르는 계단에 발을 내딛었다. 형우가 그런 석구에게 물었다.

"왜 지하로 내려가? 엘리베이터 안 타?"

"병신아. 지호가 사는 건 B동이야. 여긴 C동이고."

"그런데?"

"지하 주차장은 서로 연결되어 있어. 주차장에서 비상계단으로 들어가면 돼. 그럼 B동이야."

그때, 반사적으로 형우가 다시 물었다.

"지하에도 록이 걸려 있지 않아?"

이번엔 우빈이 답했다. 형우를 쳐다보지도 않고 앞만 바라보며.

"지하엔 B동, C동 비밀번호가 같아."

우빈의 말을 확인한 석구가 앞장서서 발걸음을 서둘렀다. 주차장으로 내려가던 우빈에게 이번엔 가람이 물었다. 나지막한 목소리로.

"야, 넌 그런데 어떻게 알아?"

"뭘?"

"C동 비밀번호 말이야. 비밀번호 같은 건 여기 사는 사람들만 알 수 있잖아. 그리고 지하는 B동, C동 비밀번호가 같다는 건 또 어떻게 알고?"

"응, 여긴……."

잠시 말을 흐린 우빈이 작은 목소리로 답했다. 상대가 알아듣기 어려울 정도의 작은 목소리였다.

"엄마가 일하는 곳이야."

가람은 우빈의 마지막 말을 알아듣지 못했지만 더 묻지 못했다. 이미 지하 주차장으로 내려간 석구가 B동 비상문을 열어젖혔기 때문이다.

5

　최인보의 입안으로 짙푸른 빛깔의 미역이 꿈틀거렸다. 그가
제대로 삼킬 수 없을 것을 염려한 신지수가 손을 잠시 멈췄다.
속으로 한참을 세고 다시 한 숟가락을 최인보의 입 앞에 내밀
었다. 양은 수저엔 미역국 국물에 흠뻑 젖은 밥알들이 담겨 있
었다. 최인보는 숟가락이 눈에 보이자 어김없이 입을 벌렸고, 지
수가 다시 한 번 숟가락을 그의 입안에 밀어 넣었다. 최인보가
입을 다물었다. 지수가 말했다.

　"우물거려요. 우물거려서 삼키세요."

　자신에게 말을 건네는 지수에게 최인보, 뭔가 말하려는 듯
입을 벌리려 했다. 그러자 지수가 최인보의 입에 손을 갖다 대
며 막는 시늉을 해 보였다.

　"먼저 입안에 있는 거 삼키시고 말씀하세요."

　최인보는 지수의 지시에 불응하는 법이 거의 없었다. 밥을
먹을 때에, 잠을 잘 때에, 티브이 시청할 때에도 그는 지수가 이
끄는 대로 따랐다. 지수는 이런 최인보의 순응적인 태도에 안심
이 되면서도 마음 한구석 안타까움을 가눌 길 없었다. 특히 최

너머의 세상

인보와 함께 아침을 먹을 때만 되면 그 안쓰러움은 더해만 갔다.

최인보의 입속엔 음식물을 씹을 만한 어느 것도 남아 있지 않았다. 아래위 가릴 것 없이 모두 부러지거나 빠져버린 상태, 어금니조차 성한 것이 없는 탓에 제대로 된 음식물을 씹어 삼킬 수 있는 능력조차 점점 사라져갔다. 기껏해야 지금처럼 미역국에 한 시간 정도 불려놓아 퉁퉁 부은 밥알을 삼키거나 죽을 쒀 먹는 것 정도가 식사의 전부였다. 지수가 안타까운 건, 최소한 틀니만 끼워도 최인보가 식사만큼은 제대로 된 미각으로 맛볼 수 있다는 데 있었다. 노인들을 위한 정부 보조금까지 받아도 아래위 전체 틀니를 해서 끼워 넣는데 이백만 원 가까이 지출해야 하는 현실에서 지수는 숨이 막혔고, 그에 반해 안타까움은 더해만 갔다. 이백만 원이 물론 적은 돈은 아니다. 하지만 한 사람, 가족을 위해 가장 필요한 것을 위해서라면 아끼지 말아야 할 비용인데, 지수에겐 지금 그만한 돈이 없었다. 매달 월급을 받아도 밀린 공과금 해결하는 것조차 버거운 상황. 그래서일까. 지수는 최인보와 함께하는 아침 시간이 언제나 부담스러웠다.

밥알을 모두 삼킨 최인보가 그제야 말문을 열었다. 그가 말하는 동안 지수는 어느새 양말을 신고 가방을 챙기고 있었다. 출근 시간에 늦을지도 모른다는 생각에 동작이 분주해진 것이다.

"우리 애긴…… 애긴 어디들 갔어?"

최인보는 손자와 손녀 모두 똑같이 '애기'라 불렀다. 그건 그가 피해 가고만 싶은 노년의 치명적 질환인 치매를 앓기 전부터 손주를 부르던 오래된 습관이었다.

손주를 찾는 최인보의 물음에 지수가 하던 동작을 멈췄다. 그리고 최인보가 향하는 시선의 방향을 함께 따랐다.

그의 시선은 좁디좁은 방 한구석에 놓여 있는 앉은뱅이책상에 집중되었다. 책상 위엔 어느 땐가 손 쓰는 솜씨가 좋은 최인보, 그가 직접 만들어준 벽붙이 책꽂이가 보였고, 책꽂이엔 고등학교 교과서와 참고서 몇 권이 꽂혀 있었다.

최인보는 기억하고 있다. 몇 달 전까지만 해도 손주가 저 앉은뱅이책상에 앉아 책을 보거나 무언가를 적곤 하던 모습을. 최인보는 치매를 앓은 후에도 손주가 책상에 앉기만 하면 어김없이 보고 있던 티브이 전원을 끄거나 볼륨을 최대한 줄이곤 했다. 그걸 알기에 지수는 쉽게 최인보의 물음에 답하지 못했다. 그가 거듭 물었다.

"우리 아이…… 어디 갔어?"

"학교에 갔어요."

"학교에 매일 가? 잠도 거기서 자?"

지수가 잠시 숨을 고른 다음 답했다.

　　　　　　　　　　　　너머의 세상

"기숙사에서 지내요. 학교 기숙사."

기숙사란 말을 최인보는 알아듣지 못했다. 지수는 쓴웃음을 지었다. 거짓말을 할 때마다 지어 보이는 그녀의 오래된 습관이었다. 지수가 쓴웃음을 짓자 더 이상 말을 알아듣지 못한 최인보가 따라 웃었다. 지수는 그런 최인보를 남겨두고 나갈 채비를 갖췄다. 밥상을 치우고, 켜져 있는 티브이의 볼륨을 좀 더 높이고, 최인보의 입에서 흘러나온 밥알들을 일일이 주워 주방 음식물 쓰레기봉투에 넣은 다음, 가방을 어깨에 둘러메고 최인보를 벽에 기대어 앉히고선 당부하듯 말했다.

"작은 거 보실 때는 아버님 이걸 사용하시구요."

그 말을 하자마자 지수는 이부자리 옆에 놓아둔 요강을 손에 집어 최인보에게 보여주었다. 이렇게 입력해놓지 않으면 하루에 한 번 정도는 실수하기 마련이다. 요강을 보자마자 벽에 등을 기대고 앉은 최인보가 힘껏 고개를 끄덕였다. 그의 고개가 끄덕거리는 것을 확인한 지수가 당부의 말을 이어갔다.

"큰 거 보실 땐 저 문을 두드리세요. 그럼 옆집 뭉이 학생이 열어줄 거예요. 아셨죠?"

"응, 알아. 똥 누고 싶을 땐 문을 두드려. 나, 알아, 안다고."

"그리고 아버님."

"응, 알아, 안다고."

"내일은 우리 특별한 날이에요. 그거 아시죠?"

"응, 알아. 나 알아."

"내일, 우리 가족 모두 모일 거예요."

"그래…… 알아…… 그날이야, 그날."

최인보가 더 힘차게 고개를 끄덕였다. 지수는 그런 최인보의 헝클어진 백발을 정리해준 다음 바로 자리에서 일어났다. 그러곤 서둘러 문 밖으로 나섰다.

오래된 미닫이문을 닫고 경첩을 사용해 밖에서 자물쇠를 걸어 잠그기 전 지수는 언제나 그랬듯 긴 한숨을 내쉬었다. 죄송스러움과 안타까움이 밀려드는 순간이었다. 어쩌다 한숨을 쉬지 않고선 견디기 어려울 지경까지 온 걸까. 지수는 작지 않은 크기의 자물쇠를 걸어 잠근 다음 열쇠를 뽑아내면서 다시 한번 한숨을 내쉬었다.

지수는 결코 저 작은 방 안에 자신의 시아버지 최인보를 가두고 싶지 않았다. 지수가 알고 있는 그는 크고 넓은 사람이다. 젊었을 때는 중동의 모래바람을 헤치며 일하던 해외 건설 근로자였고, 귀국 후엔 레미콘 기사로 활동하며 일주일에 두세 번은 서울 부산을 왕복하고 다니던 그에겐 넓은 곳에 대한 추억이 대부분일 것이다.

그런 그가 지금 세 평이 채 되지 않는 이십만 원짜리 사글셋 방 안에 갇혀 있다. 하루 종일 최인보가 좁은 사글셋방 안에서 할 수 있는 건 재활용 시장에서 만 원 주고 구입한 오래된 티브

너머의 세상

이를 보는 일뿐이다. 지수는 할 수만 있으면 문을 열어놓고 싶었다. 하루에 열 번도 넘게 자신의 시아버지가 밖으로 나가 산책하고 또래 어르신들을 만나 어울렸으면 좋겠지만 현실의 최인보는 그럴 수 없었기에, 지수는 오늘도 어김없이 해일처럼 몰아치는 죄송스러움을 참고 자물쇠를 채워야 했다.

병원으로부터 정식으로 최인보의 증상이 치매란 사실을 확증받기 전부터 그는 집 밖으로 나가 돌아오지 않는 단순 실종을 반복했다. 집을 찾지 못하고 이곳저곳 헤매다 전혀 예상할 수 없는 곳에서 발견되곤 하여 지수의 마음을 철렁 내려앉게 만든 게 한두 번이 아니었다. 그때의 기억 때문일까. 치매 증세가 한층 더 심해진 지금은 문을 잠그지 않으면 무슨 일이 일어날지도 모른다는 불안에 사로잡혀야 했고, 지수는 그 불안감을 참아낼 자신이 없었다. 점점 더 악화된 몸 상태와 다르게 정신은 오히려 최인보에게 더더욱 알 수 없는 미지의 넓은 곳을 동경하도록 종용한 모양이다. 최인보는 틈만 생기면 밖으로 나가려 했고, 밖으로 나가 길을 잃어버리는 가슴 아픈 사고를 반복해서 일으켰다. 지수는 그런 시아버지와 하루 종일 동행할 수가 없었다. 그래서였을까. 하루라도 일을 하지 않으면 생계를 유지할 수 없는 그녀의 선택은 결국 자물쇠였다.

주위 사람들은 지수에게 어리석은 일을 계속하지 말고 최인보를 시설에 맡기라는 권유를 하곤 했다. 하지만 오래전부터 간호조무사, 요양보호사로 일해온 지수는 모르지 않았다. 사설도 아닌 국비로 운영되는, 거의 행려병자나 다름없는 치매 노인을 다루는 시설에서 보여주는 차가운 무관심과 인간 이하의 처우에 대해 말이다. 가슴 아프지만 그건 지수가 계속해서 보아온, 돈 없고 가족으로부터도 버림받은 노인들을 대하는 비정한 모습이었다. 지수는 그런 곳으로 시아버지를 보내고 싶진 않았다. 이렇게 하루 종일 좁은 방 안에 가두는 한이 있더라도 보내고 싶지 않았다. 춥고 외로운 그런 곳으로.

너머의 세상

6

"오늘도 잘 부탁해, 몽우 학생."

"걱정 마세요."

건성으로 답하는 몽우의 답변이 지수를 늘 걱정스럽게 했다. 얼굴 하나만 내밀 정도의 틈을 보인 옆집 쪽방, 몽우란 이름으로 통하는 남자의 방 안을 얼핏 들여다볼 때마다 지수는 그 특별한 걱정으로부터 자유로울 수 없었다. 아수라장이 된 방안, 그 너머로 언제나 깜빡거리는 컴퓨터 모니터. 모니터 안엔 언제나 그랬듯 게임이 실행 중이었고, 몽우는 한순간이라도 컴퓨터 의자에서 벗어나는 게 아쉽다는 표정으로 일관하고 있었다.

그래도 지수는 새삼 이곳 옥수동 쪽방촌 옆집에 하루 종일 집 안에 틀어박혀 있는 사람이 있다는 게, 여간 다행스러운 일이 아니란 생각이 들었다. 소변 정도야 닫힌 방 안에서 해결할 수 있다지만, 큰 볼일을 봐야 할 때 최인보는 누군가의 도움이 절대적으로 필요하다. 몽우는 최인보가 안에서 문을 두드릴 때 자물쇠를 열어주는 역할을 한 달 가까이 해왔다. 지수는 아침 출근 시간에 몽우에게 오천 원 지폐 한 장을 건네주었고, 그걸 받아든 몽우는 언제나 이런 식, 퉁명스럽게 답하고는 다시 컴퓨터 책상으로 돌아가 게임에 열중하곤 했다. 오늘도 예외는 아니었다. 지수는 지폐를 받아들곤 책상으로 돌아간 몽우의 뒤통수에 대고 당부하듯 말을 건넸다.

"문을 이렇게 열어놔도 돼?"

지수의 질문에 몽우는 뒤도 돌아보지 않은 채 답했다.

"예."

"낯선 사람이 들어오기라도 하면 어쩌려고."

"이 쪽방촌, 들어와 봐야 가져갈 것도 없는데요."

"그래, 아무튼 오늘도 할아버지 잘 부탁해."

"걱정 말고 다녀오세요."

여전히 미덥진 않았지만 더 이상 시간을 낼 수 없는 지수가 발걸음을 뗐다. 쪽방촌 밖으로 나오면서 지수의 눈길이 마지막으로 머무른 곳은 바로 정문 옆에 마련된 재래식 화장실이었다. 걸쇠마저 고장 나 볼일을 보려면 안에서 손잡이를 붙잡아야만 하는 오래되고 냄새나는 화장실을 보며 지수는 다시 한 번 다짐했다.

'올해만. 올해만 지나면 이곳을 떠나는 거다. 적어도 집 안에 화장실이 딸린 방으로 이사해야지.'

너머의 세상

7

[내일 오는 거 잊지 않았지? 확인차 문자해. 답신 바람]

문자를 보낸 지수가 밝지 않은 얼굴로 차창 밖을 살폈다. 버스전용차선제가 적용되지 않는 논현동 방향 동호대교 위에선 차량 소통이 원활하지 않았다. 시속 이십 킬로미터 정도의 서행조차 못하는 꽉 막힌 도로를 주시하던 지수가 결국 내내 쥐고 있던 휴대폰 폴더를 열고 문자를 보낸 것이다.

지수만이 아니라 다른 승객들의 시야에도 체증의 원인 중 하나가 모습을 드러내고 있었다. 동호대교 차선 하나를 가로막고선 긴급보수차가 체증의 주범이었다. 버스 운전기사는 하나같이 초조하고 답답한 얼굴을 하고 있을 승객들을 의식해선지 체증의 원인으로 지목된 긴급보수차를 향해 욕설을 내뱉었다.

"출근 시간에 차선 가로막고 저게 뭐하는 짓이야."

[문자 확인 안 해? 왜 답이 없어?]

한참이 지나도 답문자가 오지 않자 지수가 자신의 짜증 섞인 감정이 담긴 문자를 거듭 발송했다. 지수는 그가 문자를 하는 것이 익숙지 않다는 걸 잘 알고 있음에도 문자로 연락하고 싶었다. 더 이상 통화를 하고 싶지 않은 탓이다. 하지만 지수는 문자를 보낼 때마다 그가 문자를 제대로 확인할지 여부를 걱정해야 했다. 휴대폰을 갖고는 있지만 보통 동년배보다도 기능 활용을 하지 못하는 그에게 휴대폰은 오직 통화를 하기 위한 기능 그 이상도 이하도 아니었으므로.

지금도 그런 것일까. 꽉 막힌 동호대교의 끄트머리에 이를 무렵이 되자 지수는 더 이상 답답함을 참지 못했다. 휴대폰에만 시선을 쏟던 그녀가 결국 통화 버튼을 눌렀다. 수신자는 당연히 그였다.

열 번이 넘는 신호에도 그는 전화를 받지 않았다. 이쯤 되면 끊을 만도 한데 지수는 웬일인지 종료 버튼을 누르지 않았다. 직감 같은 것일까. 어떤 명백한 불안의 감정이 피할 수 없는 예지처럼 다가왔다. 그에게 혹 무슨 안 좋은 일이라도 생긴 건 아닐까 하는 염려. 그 염려가 지수로 하여금 응답 없이 거듭되기만 하는 신호에도 불구하고 종료 버튼을 누르지 못하게 했다.

한 번 통화가 좌절된 후, 잠시 망설이던 지수가 다시 한 번 통화를 시도했다. 이번에도 받지 않으면 그의 동료에게 전화를 해야 하나, 그런 생각까지 들었다.

그렇게 다시 열 번 정도의 신호가 반복된 후, '덜컥' 소리와 함께 신호가 끊어졌다. 신호가 끊어진 후에도 약 3초 정도 수신자는 아무 반응도 보이지 않았다. 답답해진 지수가 먼저 말문을 열었다.

"여보세요?"

"……"

"여보세요."

"응, 말해."

그제야 익숙한 그의 목소리가 들려왔다. 그의 목소리를 확인한 지수가 이내 신경질적인 말투로 따지듯 물었다.

"뭐야? 왜 전화를 이제야 받아."

"그렇게 됐어. 그런데 왜?"

"왜라니? 문자 확인 못 했어?"

"문자?"

'그럼 그렇지.'

지수는 속으로 중얼거렸다. 지수가 대답을 하지 않자 그가 말을 이었다.

"문자 보냈어? 지금 확인해볼게."

"됐어, 기왕 통화됐으니 말로 전할게."

"그래, 그럼 말로 해."

"내일 우리 만나는 거 확인하려고 전화했어."

"내일? 내일이 무슨 날이지?"

"정말 이럴 거야?"

지수가 참다 못해 언성을 높였다. 순간 목소리가 높아진 탓에 지수가 주위를 둘러봤지만 승객들은 지수의 통화에 신경 쓰지 않았다. 출근길, 그들의 귀엔 이어폰이 꽂혀 있었고 그들의 눈은 아이패드나 휴대폰 액정에 고정되어 있었다.

그가 물었다.

"내일이 무슨 날이지? 난 모르겠는데."

"내일이 아버님 생신이잖아."

"그랬었나. 그런데…… 왜?"

"왜라니? 아버님 생신 때마다 우리 가족 그곳에 모이기로 했잖아. 잊었어?"

"그곳……."

"내일은 우리 가족이 함께 모였던 그곳에서 만날 거야. 그렇게 알아."

"여보, 우빈 엄마."

지수는 듣고 싶지 않았다. 자신을 우빈 엄마라고 부를 때, 그다음 그, 이제는 남남이 되기만을 기다리고 있는, 죽자 사자 이혼을 원하는 남편 현수의 말을 지수는 더 듣고 싶지 않았다. 하지만 현수의 말은 어김없이 천형의 경고처럼 들려왔고, 그로 인해 지수의 마음 한구석엔 또 하나의 무거운 돌이 내려앉을 것이다. 그렇기에 지수는 현수와의 통화를 원치 않았다. 문제를 회피하려고만 드는 남편의 태도가 싫고 미웠기에. 그의 부정적 생각으로 가득한 말을 들으면 들을수록 자신 역시 현수와의

너머의 세상

관계를 정리하고만 싶은 생각이 들기에 지수는 가급적 그와 말을 섞고 싶지 않았는지도 모른다.

"이제 그만했음 좋겠어."

"뭘 그만해?"

"우리 아버지 모시는 거, 생일 챙기는 거, 그런 거 이제 그만했으면 좋겠다고."

"그럼 아버님을 어떻게 하겠다는 거야?"

"그 집, 사실 당신하고 우빈이 둘이 지내기에도 비좁잖아."

"그래서?"

"아버지는 내가 알아서 할 테니까. 이제 그만하자, 우빈 엄마."

"당신 어떻게……."

목이 메었다. 순간 버스가 거칠게 흔들렸다. 손잡이를 붙잡고 있었지만 하마터면 바닥에 쓰러질 뻔할 정도로 강한 흔들림이었다. 균형을 잃은 지수의 얼굴이 일순 창백해졌다. 때마침 다음 정류장이 가까워선지 자리에 앉아 있던 승객 중 한 명이 일어섰다. 갑자기 빈 그 자리에 주저앉듯 몸을 맡긴 지수가 떨리는 소리로 말을 이었다.

"아버님을 뭘 알아서 하겠다는 거야. 시설에라도 모시겠다는 거야?"

"그게 최선이야. 아버지가 본정신이었다면 벌써 그걸 원하셨을 거야."

"당신은 어떻게 매사가 그래?"

"미안해."

"세영이는? 세영이는 어떻게 할 거야?"

"세영이 일은 세영이가 알아서 처리할 거야. 당신은 그만 신경 써."

"당신 꼭 금방이라도 죽을 사람처럼 얘기하네."

"……."

"아니, 언제나 그랬어. 당신은 항상 이랬어."

"……."

"문제가 생기면 도망가려고만 하고. 해결할 생각은 않고. 나만 이렇게 붙잡으려고 하면 뭐해? 당신은 이렇게 도망치려고만 하는데. 뭐? 세영이는 세영이가 알아서 할 거라고? 어떻게 그렇게 말해? 세영이가 당신 딸이기만 해? 내 딸은 아니야?"

"우빈 엄마."

"그만둬, 그런 말 자꾸 할 거면 내일 오지 마. 그렇게 말하는 사람이랑 나도 함께 있기 싫어."

"미안해."

"……."

"미안해, 우빈 엄마."

지수가 통화를 끝냈다. 종료 버튼을 누른 다음에도 한동안

너머의 세상

떨리는 몸을 주체하지 못했다. 지수는 이 상황이 난감했다. 싫었다. 어떻게든 벗어나고 싶지만 그녀는 방법을 찾을 수 없었다. 살면 살수록 꼬여만 가는 모순은 그녀에게 감당하기 어려운 짐이었다. 이 힘겨운 짐에 대해 생각하기도 전에 계속해서 생활의 공포가 엄습해왔다. 버스는 어느새 지수가 내려야 할 정거장을 향해 달리고 있었다. 안내방송을 듣자마자 자리에서 일어선 지수가 버튼을 눌렀다.

'이번 정류장은 타워팰리스, 타워팰리스 후문입니다.'

8

"왜?"

"세영이?"

"세영이 맞아. 세영이 맞으니까 용건만 간단히 말해. 나 지금 바빠. 일해야 한다고."

"응, 그래. 그렇지. 일할 시간이지."

"용건이 뭐냐고?"

세영은 한껏 투정을 쏟아내고 싶었다. 그래서일까. 발신자에 적혀 있는 가장 익숙한 호칭, '아빠'란 단어를 확인하자마자 세영의 말투는 작심하고 냉랭해졌다. 그녀는 자신만큼은 아빠한테 이래도 된다는 오기가 생겼다. 자신의 현실을 곱씹으면 곱씹을수록 오기의 농도는 더욱 짙어져만 갔다.

"세영아, 오늘 새엄마한테서 전화가 왔어."

"새엄마가 왜?"

"내일…… 할아버지 생신이야."

"그래서?"

"새엄마가 괜찮으면 내일 식구가 다 같이 모이자고 하는데.

매년 우리 모이던 그곳에서."

"그런데?"

"난 어쩌면 못 갈 수도 있을 것 같아."

"……."

"세영이 넌 바쁘니?"

"아빠 내가 시간이 날 거라고 생각해?"

"그렇지. 아무래도 안 되겠지?"

"시간이 나도 그렇지. 아빠가 지금 나한테 그런 걸 부탁할 자격이나 있어?"

"세영아."

"아빠가 진 빚 때문에 내 월급 절반에 압류가 붙고 학자금 대출도 제대로 못 갚아서 이번 해도 복학은 물 건너갔어. 그런데 뭐? 할아버지 생신 챙기라고? 아빠 제정신이야?"

"미안하다."

"미안해? 미안하면 빚 갚아. 빚 갚으라고. 그럼 할아버지 생신뿐만 아니라 새엄마, 우빈이 생일, 아니 매일매일 가족 파티할 테니까. 제발 빚 좀 갚으라고!"

"……."

한바탕 숨죽여 들끓는 호소를 쏟아부었지만, 그렇지만 세영의 마음은 방금 전보다 더 무겁게 가라앉았다. 세영은 답답했다. 마음과는 다르게 오기와 투정으로 뭉친 뒤틀린 심사로 내뱉는 자신의 독설도 싫었고, 무엇보다 친딸에게 이런 식의 비난을 받아도 아버지의 권한으로 꾸중 한마디 제대로 못하는 그의 무능함이 싫었다. 그래서일까. 잠시 시간이 지난 뒤 마음을 가라앉힌 세영이 통화를 마무리하려 했다.

"할 말 없으면 끊을게."

"미안해."

"미안하다는 말 그만해."

"그래. 세영아. 잘 지내고."

"끊을게."

그렇게 짧은 통화가 끊어졌다. 세영은 다시 한 번 긴 한숨을 내쉬며 휴대폰을 만지작거렸다. 방금 전 심하게 말한 것에 대한 나름의 사과를 하고 싶어 문자메시지를 보내려 했지만 이내 포기하고 말았다. 오전 10시. 개장과 함께 아침 세일을 기다리던 손님들이 무리 지어 마트 안으로 뛰어 들어왔기 때문이다. 쓰던 문자를 지운 세영은 아예 휴대폰 전원까지 끄고 애써 미소 지으며 손님들을 맞이했다.

9

"거기 계세요?"

"……."

"최 부장님, 그 안에 계세요?"

"응."

"예?"

"여기 있어."

현수가 막 통화를 끝낸 휴대폰을 호주머니에 찔러 넣었다. 밖에서 문을 두드리는 주 대리의 관심을 분산시키기 위해 양변기 물을 내려보았다. 요란하게 물 내려가는 소리가 들리는 순간 현수가 고개를 들었다. 30와트 형광등 불빛이 유난히 밝게 느껴졌다. 그러고 보니 이 건물에서 화장실을 사용하는 내내 지나치게 밝다는 생각을 한 번도 해본 적이 없었다. 이렇게 거리로 내몰리게 된 현실과 마주하고 나서야 발견하게 된 밝기였다. 24시간 내내 이곳은 사람이 있는 곳이라면 언제나 밝고 환한 조도를 유지했었다. 그걸 왜 이제야 알았을까. 더 이상 이 건물의 구성원이 될 수 없을 거란 생각을 갖게 된 지금에서야.

현수가 화장실 문을 열고 밖으로 나왔다. 화장실 문이 열리자 그제야 문 밖에 서 있던 주 대리도 한 걸음 물러섰다. 주 대리가 걱정스런 눈길로 현수의 낯빛을 살피며 물었다. 현수의 얼굴을 보자마자 반사적으로 튀어나온 물음이다.

"괜찮으세요?"

"괜찮아."

"……."

"괜찮다고."

누구라도 지금의 현수의 얼굴, 그 몰골을 본다면 '괜찮으냐'고 묻는 것이 정상일 것이다. 주 대리의 꼴도 볼썽사나운 건 매한가지였지만 현수의 얼굴과 몸은 그야말로 금방이라도 주저앉을 것처럼 먼지 자욱이 내려앉은 폐가를 닮아 있었다.

삭발한 머리, 거뭇거뭇 자란 수염, 퀭한 눈빛, 야윈 얼굴, 석 달여 가까이 제대로 세탁해본 기억이 없는, 그래서인지 아예 색이 바래버린 회사 단체복, 닳고 닳아버린 운동화까지. 현수는 주 대리의 어깨를 다독인 다음 화장실 거울 앞에 멈춰 서서 손을 씻었다. 손을 씻으며 자연스럽게 거울에 비친 자신의 얼굴을 바라봤다.

모든 것이 새로웠다. 자신의 얼굴과 마주하는 순간, 그 새로움은 더했다. 결코 긍정적이지 않은 새로움이다. 낯선 타인을 처음 보는 것같이 어색한 자신의 얼굴을 마주하자 이제는 끝

너머의 세상

내야 한다는 다짐이 본능처럼 마음속 깊은 곳에서부터 솟구쳐 올랐다.

화장실을 나가기 전, 현수가 주 대리의 손을 내려다봤다. 석 달 가까이 계속된 길거리 농성에 지친 건 주 대리 역시 다르지 않았다. 제대로 씻지 않은, 그래서 얼굴과 손에 먼지와 기름기를 잔뜩 묻힌 주 대리를 바라보며 현수가 쓴웃음을 지었다. 그가 물었다. 한층 낮고 가라앉은 목소리로.

"사 왔어?"

주 대리가 자신의 오른손에 쥐고 있던 통을 현수에게 건넸다.

"사 오긴 했는데…… 이걸 뭐에다 쓰시려고요?"

현수는 휘발유가 한가득 채워진 통을 받아들고는 다시 자신이 내내 있었던 칸으로 들어갔다. 그러곤 양변기 옆에 통을 내려놓았다. 주 대리가 그런 현수를 보며 걱정스럽게 물었다.

"오늘 좀 이상하세요. 정말 괜찮으신 거예요?"

"지금 우리 중에 괜찮은 사람이 있긴 해?"

"최 부장님."

"오늘은 끝내야지. 그래, 끝내야 돼."

현수가 다시 한 번 주 대리의 어깨를 토닥였다. 그러곤 그와 함께 화장실 밖으로 나섰다.

테헤란로에 위치한 대형 고층 빌딩 로비가 의외의 어수선함으로 들끓었다. 말끔한 슈트 차림을 하고서 정문 검색대를 통과해 엘리베이터로 들어서는 사람들의 행동은 어수선함과는 거리가 멀었으며, 냉정할 정도로 일사불란했다. 하지만 그 외 현수나 주 대리와 같은 남루한 단체복 차림의 사람들은 무리 지어 현관 일대를 서성거렸다. 일부는 피켓을 들고 있었고, 머리에 띠를 두르고 있었으며, 일회용 돗자리를 깔고 자리 잡은 이도 있었다. 이들은 밤을 지새우며 건물 앞 길거리에 모여 있다가 출근 시간대가 되면 현관 로비까지 밀고 들어와 시위를 반복했다. 그러다 어김없이 하루에 한두 번씩 강제 퇴거의 수모를 겪었다. 운이 좋으면 내부 경비나 신규로 파견된 경호업체 직원들의 손에 이끌려 내몰리지만, 운이 나쁠 때나 저 위층 관리자들의 심기가 불편할 때면 공권력에 의해 강제 퇴거되는 일도 다반사였다.

화장실에서 로비로 걸어 나온 현수에게 농성원들의 시선이 집중되었다. 벌써 석 달째다. 석 달 전까지만 해도 현수는 이 거대한 건물의 실제 주인이라 할 수 있는 금융 컨설팅 회사의 경호업체 중간 간부로 살아가고 있었다. 정확히 석 달 전까지만 해도 그랬다. 그렇지만 그 석 달 동안 모든 것이 무너져 내렸다. 회사는 경호업체에 별다른 사유도 없이 재계약 불가를 통보했

너머의 세상

고, 그로 인해 경호업체 직원 백여 명이 일제히 일자리를 잃고
말았다.

현수는 싸워야 했다. 현수는 자신의 일자리가 사라지는 것
을 염려할 겨를조차 없이 이 싸움을 시작해야 했다. 허울뿐인
직급이었지만 부장씩이나 되는 중간 간부가 직접 나서서 삭발
식, 언론 인터뷰, 단식투쟁까지 하는 걸 두고 사람들은 숱하게
입방아를 찧어댔다. 하지만 현수는 자신이 할 수 있는 거라면
뭐든 가리지 않고 해야 한다는 책임감 외엔 다른 생각을 가질
여유가 없었다.

자신들은 법적으로 아무 책임 없다며 무응답, 무반응으로
일관하는 갑甲과의 기약 없는 투쟁이 계속되었고, 그렇게 석 달
이 지난 지금 현수는 결심하지 않을 수 없었다. 이젠 끝내자고.
끝내지 않으면 안 된다고. 그건 현수 혼자 충동적으로 작심한
게 아니었다. 현관에 모인 경호업체, 시설업체 사람들, 청소부,
경비, 그들의 절박한 눈빛이 현수에게 마지막을 종용하고 있었
다.

10

　간간이 종이 소리만 들렸다. 고요했다. 끔찍할 정도로.

　턱을 괴고 앉아 서류들을 뒤져보던 윤정우가 문득 하던 행동을 멈췄다. 멈추고 고개를 들었다. 20층 회의실은 텅 비어 있지 않았다. 대형 테이블, 자신을 중심으로 스무 명 가까이 되는 임원들이 모여 있었다. 꽉 조여 맨 넥타이만큼이나 그들의 입은 굳게 다물어져 있었다. 시선은 모두 각자 자리 앞에 놓인 서류에 매달렸다. 서류 넘기는 것만이 그들이 자신의 존재를 알리는 유일한 표현이었다. 회의, 그중에서도 인력 관리에 대한 사안이 나올 때만 되면 극도로 예민해진다. 침묵 이외에 할 말이 없다. 관자놀이를 누른 윤정우가 이번엔 시선을 건물 밖으로 향했다. 커튼월 유리 너머로 테헤란로의 대형 고층 빌딩들이 보였다. 좀 더 시선을 밑으로 내리면 지상의 모습이 보였다. 지상의 풍경은 혼란스러웠다. 작업복 차림의 사람들이 살벌한 문구를 적어 넣은 현수막, 피켓을 들고 서서 웅성거렸다. 조금만 더 시간이 지나면 확성기에서 소리가 들릴 것이다. 자신을 비난하는 소리, 끊임없는 성토.

　　　　　　　　　　　　　　　　　　　너머의 세상

윤정우는 뭐라도 말하고 싶었다. 하지만 현실 속 그는 마른 침만 삼키다 커피만 한 잔 더 마실 뿐이었다. 그는 회의실에 모인 중역들에게 지상에서 농성하는 협력업체 직원들의 고용 문제를 만나서 의논해보자고 말하고 싶었다. 하지만 말할 수가 없었다. 오늘 회의의 안건을 보는 순간 그 말은 목에서 턱 막혀버렸기 때문이다.

'본사 자력 회생을 위한 정리해고 방안.'

이젠 더 이상 세련되게 돌아가는 안건 제목도 아니다. 노골적이다. 정리해고. 이번엔 협력업체 직원들 이야기가 아니다. 자신이 직접 이끌었던 회사의 직원들을 향한 칼날이다. 이 상황에서 임원들의 피로감은 극에 달했다. 저 지상의 계약직 직원들의 집단 해고 따위에 신경 쓰는 윤정우의 모습을 그들은 무능하고 결단력 없는 사장의 태도로 몰아붙였다.

답답했다. 꽉 조였던 타이를 풀어내고만 싶었다. 임원들은 지독한 침묵 속에서 윤정우란 한 남자가 아닌 이 회사 사장의 처분을 기다렸다. 몇 명을 잘라야 하는지, 잘라내는 데 발생하는 비용을 어떻게 하면 최소화할 수 있는지. 그리고 하나 더, 저 밑의 계약업체 직원들의 불법 난동을 어째서 경찰에 신고하지 않는지 침묵으로 질타했다.

윤정우가 다시 한 번 창밖, 지상의 세계를 내려다봤다. 경호업체 부장이었던 현수의 반백 머리가 어른거렸다. 석 달 전까지만 해도 바로 자신의 건물에서, 회의실 앞에서, 집 앞에서 자신의 옆에 그림자처럼 따라붙던 이였다.

'그를 만나야 하는데, 만나서 이 상황을 설명해주고 싶은데.'

하지만 그의 마음속엔 두 가지 마음이 요동쳤다.

'그가, 그리고 저 지상의 있는 이들이 날 이해할까?'

두렵고 답답했다. 허공에 매달린 아찔함이 윤정우의 현재를 사로잡았다. 그는 차라리 내려가고 싶었다. 이 침묵을 깨고 내려가고 싶었다.

11

진동 소리가 요란하게 들렸다. 긴장하지 않은 건 석구뿐인지도 모른다. 녀석은 타워팰리스 B동 20층에 오르는 엘리베이터에 올라탔어도 낯빛 하나 변하지 않고 심지어 휘파람까지 부는 여유를 부렸다. 형우와 가람은 긴장한 기색이 역력했다. 초조함을 감출 수 없었던지 형우는 괜스레 엘리베이터 속도를 탓하며 너스레를 떨었고, 가람은 고개를 반쯤 숙인 채 아예 말을 하지 않았다. 하지만 엘리베이터 안에서 석구를 마주 본 자리에 선 우빈은 알고 있었다. 누구보다 가장 긴장하고 있는 건 석구란 사실을. 형우와 가람은 모른다. 어느 조직, 어느 패거리건 결정권을 가진 우두머리가 갖는 불안에 대해서 그들은 알지 못한다고 우빈은 생각했다. 형우와 가람은 모든 일을 결정하고 실행에 옮기는 석구만을 믿고 따르고 있다. 한때 함께했던 지호의 배신을 응징하자고 결정했을 때, 녀석들은 반대도 찬성도 하지 않았다. 그저 석구의 말을 따르기로 했다. 그러므로 그들 둘은 믿어야만 한다. 석구를 긴장 따윈 하지 않는 냉혈 인간으로 믿어야 하는 것이다. 언제라도 이런 일쯤은 너끈하게 해결하며 자신들이 따르는 우두머리로서의 위엄이 있다고 믿는 것이 자신들의 마음을 편하게 해줄 테니까.

우빈도 형우와 가람처럼 석구를 믿고 싶었다. 하지만 녀석은 믿지 못했다. 믿고 싶지만 믿어지지 않았다. 여유를 부리는 척 위악을 떨어대는 석구의 몸짓과 휘파람, 그리고 연방 이죽거리는 표정을 보면 볼수록 석구를 믿을 수 없었다. 석구는 두려워하고 있다. 우빈은 석구의 두려움이 싫었다. 두려움의 폭이 크게 너울 칠수록 두려움에 포박된 존재는 그보다 더한 위악을 떨어대는 것으로 두려움을 망각하려 든다. 죽을 만큼 술을 마시거나, 피시방에 틀어박혀 밤새 게임을 하거나, 노래방에서 목청이 찢어질 때까지 노래를 부르거나. 그런 식의 자기 위안으로도 두려움이 가시지 않으면 공공의 적을 만들어야 한다. 석구는 배신자 지호를 공공의 적으로 설정하고 말았다. 그래서 어떤 식으로든 복수하지 않으면 자신의 위태로운 미래에 대한 두려움의 마성으로부터 한순간도 자유로울 수 없을 거란 생각에 석구는 적어도 지호의 갈비뼈 한 대라도 부러뜨릴 작심을 단단히 하고 있었던 것이다. 그 두려움에서 비롯된 표정이 우빈의 시야에 그대로 들어왔다. 엘리베이터를 오르는 내내 석구를 바라보는 우빈은 또 다른 종류의 두려움이 엄습해 오는 것에 적잖이 당황했다. 불안해 견딜 수 없는 시한폭탄을 닮은 석구의 두려움 가득한 난폭성이 어느 방향으로 폭발해버릴지 우빈은

너머의 세상

두려웠다.

그 중층의 두려움이 층수가 올라갈수록 고조될 찰나 휴대폰 진동 소리가 울린 것이다. 우빈의 주머니에서.

진동 소리를 듣자마자 석구의 휘파람이 멈췄다. 성가시다는 듯 석구가 우빈을 째려봤다. 형우와 가람은 애써 모른 체했고, 우빈은 석구의 노려봄을 확인하며 자신의 짐작이 틀리지 않음을 인정해야만 했다. 석구는 애써 초조함을 내색하지 않으려 했던 것이다. 다리를 떨고 휘파람을 불며 여유 있는 척했을 뿐, 녀석은 외줄타기를 처음 시작한 초보 곡예사처럼 모든 정신의 감각이 두려움에 사로잡혀 있었다. 휴대폰 진동 소리에도 극도로 예민한 반응을 보일 정도로 말이다.

우빈이 석구의 눈빛을 조심스럽게 살피며 주머니에서 휴대폰을 꺼내 액정에 찍힌 발신자 번호를 확인했다. 우빈은 휴대폰을 쥔 채 두어 번의 진동이 계속될 때까지 전화를 받지 않았다. 참다 못한 석구가 한마디 퉁명스럽게 내뱉었다. 휴대폰을 빼앗아 바닥에 내동댕이치기라고 할 듯 예민한 음성이었다.

"받으려면 빨리 받든지, 아님 끊어버려."

석구의 말이 떨어지기가 무섭게 우빈은 선택했다. 전화를 받는 것으로. 우빈은 수신 버튼을 누르고 발신자가 먼저 말하길 기다렸다. 엘리베이터 안이라 그런지 발신자인 여자의 목소리가 공간 전체에 울려 펴졌고, 폐쇄된 공간 탓에 말소리가 불규칙하게 끊기고 이어지길 반복했다.

"우빈아, 내 말 들려?"

"……."

"내 말 들리냐고. 대답해."

우빈이 석구의 눈치를 살피며 나지막하게, 또한 더없이 퉁명스런 목소리로 답했다.

"듣고 있어. 말해."

"우빈아."

"말하라니까."

"너 집에 언제 들어올 거야?"

"새삼스럽게. 무슨 일인데?"

"너 언제까지 이럴 건데. 언제까지 엄마 속을 이렇게 썩일 거냐고."

우빈이 다시 석구와 친구들을 바라봤다. 석구는 조롱 섞인 비웃음을 흘렸지만 형우와 가람은 웃지 않았다. 엘리베이터 안으로 우빈의 엄마란 존재가 이야기하는 내용이 민망할 정도로 선명하게 울려 퍼졌다. 우빈은 석구의 비웃음을 확인하고 그대로 말해버리고 말았다. 통화를 끊기 위한 무정한 말을. 우빈으로선 선택하고 싶지 않은 방법이지만 상황이 상황이니만큼 어쩔 수가 없다고 자위했다.

"그딴 소리 할 거면 끊어. 집엔 안 들어가."

"내일이 어떤 날인지는 알지?"

"……."

"할아버지가 널 찾으셔. 매일 나한테 물으셔. 우빈이 어디 갔냐고 말이야."

"할아버지는 무슨 할아버지. 나 바빠, 끊어."

"내일 와. 우리 그곳에서 만나자."

"끊으라고."

"아주 들어오란 소리 안 할게. 내일만이라도 만나자. 알았지?"

"끊는다."

"우빈아."

엘리베이터의 붉은 숫자판이 20층을 가리켰다. 순간, 엘리베이터가 멈췄고 그와 동시에 우빈도 전화를 끊어버렸다. 석구가 앞장서서 내렸고 형우와 가람, 그리고 우빈이 뒤따랐다. 석구는 먼저 계단식 고층 아파트의 특성부터 살폈다. 주위를 두리번거리더니 지호가 살고 있다는 2001호의 맞은편 2002호의 벨부터 눌렀다. 형우와 가람이 놀라 석구에게 숨죽인 목소리로 물었다.

"야, 왜 그래? 거기가 아니라 여기야. 2001호."

형우의 다그침에도 석구는 반응을 보이지 않았다. 벨을 연속해서 두 번 이상 눌렀는데도 2002호에선 아무 반응이 없었다.

한 번 더 벨을 누른 다음 석구가 물러섰다. 한 걸음 물러서며 말했다.

"만일에 소리가 들리면 골치 아프니까. 확인하고 넘어가야지."

"그런데 말이야."

우빈이 말을 걸었다. 석구가 행동을 잠시 멈추고 우빈을 바라봤다.

"마지막으로 물을게."

"……?"

"꼭 이 방법밖엔 없는 거야?"

"없으면?"

"지금이라도 좋으니 마지막으로 생각해보자는 거야."

우빈은 진심이었다. 석구와 눈을 마주친 우빈은 오랜 동네 친구이기도 한 녀석에게 자신의 진심 어린 우려를 알려주고 싶었다. 석구 역시 더 이상 우빈을 비웃지 않았다. 우빈이 자신의 현재 상태를 파악하고 있다는 걸 알아버린 눈치였다. 석구는 우빈이 자신의 두려움을 염려하고 있다는 걸 인지하자, 자신의 결심을 다시금 분명히 확인시켜주기 위해 바지 뒤춤에서 무언가를 꺼내 보였다. 그 무언가를 꺼내는 순간 가람의 눈빛이 흔들렸고, 형우는 짧은 한숨마저 내쉬었다. 석구가 꺼내 보인 건 칼이었다. 재래시장에서 쉽게 구할 수 있는 캠핑용 잭나이프.

버튼을 눌러 잭나이프의 서슬 퍼런 날을 확인시켜준 석구가 다시 날을 접으며 우빈을 바라봤다. 석구의 얼굴엔 다시금 위악의 비웃음이 돌아와 있었다.

"쫄리면 빠져."

"석구야."

"니 엄마 말대로 집에나 들어가든지. 씨발. 가출은 아무나 하는 줄 알아?"

잭나이프를 뒤춤에 집어넣는 것으로 석구는 자신의 결의가 번복될 수 없는 엄연한 현실임을 모인 친구들에게 다시 한 번 확인시켰다. 그러곤 다시 우빈과 형우, 가람을 바라봤다. 세 명 모두 물러서지 않았다. 빠지겠다는 말도 하지 않았다. 못했다는 표현이 더 정확하겠지만 여하튼 그들은 석구의 다음 행동, 처음 그대로의 계획을 지지했다.

세 명의 무언의 지지를 확인한 석구가 다시 고개를 돌려 문 앞에 바로 섰다. 그러곤 망설임 없이 벨을 눌렀다.

12

엘리베이터 문이 열리고 지수가 밖으로 걸어 나왔다. 엘리베이터는 20층에서 멈춰 서서 지수를 내려주고는 다시금 빠른 속도로 내려갔다.

엘리베이터 밖으로 나온 지수의 표정이 밝지 않았다. 무겁고 우울하다고 보는 게 더 정확할 거라고 지수는 자신의 마음을 그렇게 스스로 판단하며 힘들어했다. 방금 전, 우빈과의 통화를 막 끝낸 그녀로서는 다시 한 번 절망을 느껴야 했으므로.

지수는 휴대폰을 집어넣고 싶지 않았다. 그렇다고 다시 전화할 수 있는 것도 아니었지만 그래도 지수는 미련이 남았다. 좀더 통화하고, 좀 더 대화하고 싶은 미련. 성숙한 대화가 아니어도 상관없으니, 욕하고 다퉈도 좋으니 조금 더, 한 마디만 더 길게 대화했으면 하는 생각은 이내 지수에게 자책 어린 후회로 돌아왔다.

아침 출근길에 이뤄진 지금은 별거 중인 남편 현수와의 통화에서도, 집을 나간 지 벌써 한 달이 다 되어가는, 연락을 계속 주고받지만 여전히 집으로 들어오란 소리를 자신 있게 하지

너머의 세상

못하는 아들 우빈과의 통화에서도 동일한 수준의 후회가 마음을 무겁게 했다. 두 명의 남자 중 한 명은 연이은 사업 실패로 인한 채무, 그 채무와 가족의 생계를 감당하기 위해 취업한 경호업체의 느닷없는 해고 통보로 인한 생활고를 가족에게 전가하지 않기 위해 집을 떠났고, 또 다른 한 명은 치매를 앓는 할아버지에게 방을 양보하기 위해 집을 떠났다. 우빈의 말은 물론 달랐다. 새아버지인 현수의 아버지, 피 한 방울 섞이지 않은 할아버지가 고약한 병까지 들어 방에 있는 걸 보니 가슴이 답답해 견딜 수가 없다고. 그래서 집을 나간 거라고 말했다. 하지만 지수가 알고 있는 아들 우빈은 겉말과 속마음이 다른 녀석이었다. 지수는 우빈의 속마음을 알고 있었다. 쪽방으로까지 내몰린 가족에게 짐이 되지 않으려는 마음을. 지수는 그 마음을 차라리 몰랐으면 좋았을 거라고 생각했다. 이상한 냄새나 풍기는 할아버지가 싫어서 아들이 집을 나간 거라고 생각하면 한결 더 마음이 편했을지도 모르지만 지수는 우빈의 속마음을 지워낼 수가 없었다. 그래서 더 마음이 아팠다.

복잡한 마음을 다잡으려 길게 한숨을 내쉰 지수가 전자키 앞에 서서 익숙한 손놀림으로 번호 입력을 시작했다. 곧이어 '삐리릭' 소리와 함께 문이 열렸다.

어느새 1년이 다 되어가는 지수의 직장은 바로 이곳 타워펠

리스 C동 2001호였다.

문을 열고 현관 안으로 들어가 침실로 걸어가면 지수의 고객이자 유일한 업무 상대인 한 여자가 누워 있다. 그 여자, 정문자 여사를 지수는 1년 동안 대부분 누워 있는 모습으로만 대해야 했다. 정확한 출근 시간인 10시에 들어와서도 침대 위에 누워 있는 그녀에게 인사하고, 퇴근할 때에도 누워 있는 그녀에게 인사하는, 그런 식의 근무가 1년 가까이 반복되고 있었다.

거대했다. 타워팰리스란 곳에 처음 들어왔을 때에도, 1년이 지난 지금에도 지수의 눈엔 고가의 가구나 실내 장식품, 인테리어가 들어오지 않았다. 오직 그녀의 관심을 받는 건 내부 공간이 매우 크다는 사실 하나였다. 여섯 개가 넘는 방이 있고, 화장실, 욕실 합쳐 네 개나 되는 이 공간에서 중간 방 하나만 사용해도 다섯 가족이 모두 흩어지지 않고 모여 살 수 있을 거란 생각이 문을 열고 현관 안으로 들어올 때마다 지수의 머릿속을 스치고 지나갔다. 지금도 예외는 아니었다. 음식물과 재활용 쓰레기를 수거해 1층 쓰레기장에 버린 뒤 다시 올라온 지수는 아침 출근길에 문을 열고 들어왔을 때와 동일한 생각으로 내부를 둘러봤다.

"쓰레기 치우는 일은 도우미 아줌마가 할 텐데…… 왜 굳이."

"그냥, 바람도 쐬고요. 제가 할 수 있는 일인데요, 뭘."

특수 환자용으로 개조한 침대에 누워 있는 정 여사의 팔에 주사를 놓고 링거를 갈아 끼우는 동안 지수는 그녀의 말에 한 마디도 소홀한 법 없이 성실하게 답했다. 간호조무사로 시작한 지수에게도 노년에 근육무력증이 찾아온, 아직은 육십대 후반인 정문자 여사를 종일 돌보는 일은 쉽지 않았다. 야간의 간병인은 단지 물을 갈아주고 호스로 이어 받은 대소변을 처리하는 일이 전부였지만, 매일 건강 체크를 병행하는 지수는 한순간도 정문자 여사로부터 눈을 뗄 수가 없었다. 때문에 식사조차 허겁지겁 때우는 것으로 대신해야 할 정도였다.

정 여사는 그런 지수에게 항상 미안해하면서도 그녀가 조금이라도 자리를 비우는 것을 힘들어했다. 내색하진 않았지만 정 여사는 지수가 곁에 없는 게 불안했다. 그녀가 퇴근할 때만 되면 애써 여유 있는 미소를 짓곤 해도 아쉬워하는 모습을 감추지 못했다. 그런 그녀가 에둘러 자신의 마음을 표현했다.

"티브이 틀어줄래?"

"뉴스 보시려고요?"

"아니, 뉴스 말고."

"그럼요?"

티브이 전원을 켠 지수가 물었다. 정년 퇴임 전까지 대학에서 여성학을 가르치던 정 여사를 처음 대했을 때부터 자연스럽게 지수는 채널을 뉴스에 고정했다. 하지만 최근에는 달라졌다. 언젠가 지수가 재밌게 본 드라마 이야기를 꺼낸 이후부터 정 여사는 드라마를 찾았다.

"지수 씨 보던 거, 그 드라마 재방송할 시간이야."

"어떻게 시간을 다 기억하세요?"

벽시계로 시간을 확인한 지수가 미소를 지으며 말했다. 화면은 지수가 즐겨 본다는 드라마를 재방송해주는 케이블 채널로 전환되었다.

"그냥, 누워 있는데 딱히 할 수 있는 일도 없고."

"저……."

"응?"

"정말 드라마 재미있으세요?"

"재밌어."

"……."

"같이 봐. 재밌어."

힘이 느껴지지 않는 정 여사의 손길이 넌지시 지수의 팔목에 닿았다. 그녀는 지수의 손을 힘껏 붙잡고 싶었다. 하지만 뜻대로 주어지지 않는 기운이 정 여사를 언제나 불편하게 했다. 그 불편함을 한순간이라도 빨리 덜어내기 위해 지수가 먼저 정 여사의 손을 붙잡았다. 그렇게 둘은 서로의 손을 붙잡고서 드라마를 시청했다.

13

　오늘따라 긴박하게 전개되는 게임 탓에 몽우는 정신을 차릴 수 없었다. 몽우는 새벽 5시에 잠깐 눈을 붙이고 바로 일어나 아침 7시부터 롤플레잉 게임 삼매경에 빠져 있었다. 그는 점심시간이 훨씬 지난 오후 3시가 다 넘어서도록 컴퓨터 모니터에서 눈을 떼지 못했다. 키보드를 조작할 때마다 손가락 마디 끝에서 통증이 느껴지고 마우스를 잡은 오른 팔목에선 수시로 근육 경련이 일어나도 몽우는 게임을 멈출 수 없었다.

　게임 속 세상은 몽우에게 인생에서 단 한 번도 느껴보지 못한 짜릿한 카타르시스를 선사해주었다. 적진으로 달려가 폭격을 퍼붓고, 기지에 불을 지르고, 적의 건물들이 단숨에 초토화되는 모습들을 볼 때마다. 그래서 시간이 흐르고, 쉼 없이 마우스를 움직일 때마다 아이템 점수가 상승되는 것을 지켜보는 것만으로도 몽우는 현실의 아득함과 비정함을 잊을 수 있었기에 아마도 오늘 저녁까지 게임을 멈출 수 없을 것이다.

　뜨거운 물을 부어놓은 컵라면조차 한 번도 젓가락을 대지 않아 불어터진 상황이었다. 그만큼 몽우에게 있어서 오늘의 게임은 급변에 급변을 더하는 롤러코스터 전개를 계속하고 있었다.

그때, 옆방에서 내내 우려했던 소리가 들려오고 말았다.

'쿵, 쿵, 쿵.'

옆방에서 문소리가 들려오는 순간 몽우는 혼잣말을 내지르며 인상을 있는 힘껏 구겼다.

"씨발, 바빠죽겠는데. 하필 지금."

옆방 최인보가 자물쇠로 가둬놓은 폐쇄된 방에서 나오기를 원하는 두드림인 것을 모르지 않았기에 몽우의 짜증은 더했다. 녀석은 제대로 먹지도 못하는 컵라면 사 먹을 돈인 5천 원을 받을 때마다 이런 식의 짜증을 감당해야 하는 게 싫었다. 지금 게임을 중단하고 잠시 퇴장하면 게임 속 플레이어들에게 그대로 왕따를 당할 게 불을 보듯 훤한 상황이다.

"할아버지, 조금만 더 기다려줘. 조금만."

몽우가 마우스 클릭하는 속도를 한 단계 더 높였다. 단계의 막바지를 향해 몽우가 조종하는 캐릭터가 분주하게 움직이며, 적들을 향해 칼을 휘둘렀다. 하지만 옆방의 소리는 집요했다. 처음엔 규칙적으로 문을 두드렸지만 밖에서 아무 반응도 없는 걸 확인하자 더 절박해진 듯 사정 봐주지 않고 문을 두드려댔다.

"에이, 진짜."

너머의 세상

결국 몽우가 자리에서 일어났다. 의자를 박차고 일어나 한 걸음만 옮기면 붙잡을 수 있는 손잡이를 붙잡고 문을 여는 순간 몽우의 다리에서 뜨거운 기운이 몰아닥쳤다. 그와 동시에 몽우의 몸이 제 의지와 상관없이 제대로 말을 듣지 않았다. 너무 오랜 시간 한 자세 그대로 앉아 있던 통에 두 다리 전체에 쥐가 오른 탓이다.

　절뚝거리며 옆방으로 걸어간 몽우가 서둘러 자물쇠를 열어 방문을 열어젖혔다. 방문을 열자마자 바로 앞에 최인보가 서 있었다. 몽우는 최인보의 안절부절못하는 모습을 살펴보고는 혹시라도 바지에 실례할까 싶어 서둘러 그를 밖으로 이끌어내었다. 슬리퍼를 끌며 걸음을 옮긴 최인보가 일곱 가구가 모여 사는 쪽방 입구에 유일하게 하나 있는 화장실로 걸어갔다. 물론 최인보를 이끈 건 그의 손을 붙잡은 몽우였다. 몽우는 서둘러 최인보를 화장실 안으로 들여보낸 후, 화장실 문을 잠갔다. 그러곤 말했다.

　"할아버지."

　최인보가 의외로 빠르게 반응했다.

　"응? 왜?"

　"혹시 그 안에 휴지 있어?"

　"휴지…… 있는데?"

　"그럼 그걸로 볼일 보고 나오시면 돼요. 알았죠?"

말을 끝내자마자 몽우는 서둘러 자신의 방으로 돌아갔다. 최인보의 방문과 자신의 방문 모두 활짝 열어놓았다. 몽우는 컴퓨터 앞에 앉아 있어도 귀만 열어놓으면 된다고 믿었다. 재래식 화장실의 목재 문이 워낙 낡은 탓에 언제나 열고 닫을 때면 요란한 소리를 내곤 했기에 몽우는 화장실 문소리를 들으면 그때 다시 밖으로 나가 그를 방으로 데리고 들어오면 된다고 생각했다. 물론 자신에게 돈 5천 원을 쥐어준 지수의 부탁, 수고스럽겠지만 할아버지가 화장실에서 볼일을 볼 때면 밖에서 지키고 있다가 방까지 모셔달라는 부탁을 정확히 이행한 건 아니었지만, 몽우는 모로 가도 서울만 가면 된다는 식이었다. 아무리 치매를 앓고 있어도 살 만큼 살아온 산업 역군인데, 화장실 볼일 하나 제대로 못 보겠어 하는 나름의 판단을 갖고서 말이다.

하지만 지수가 몽우에게 인보를 지켜봐 달라고 말한 건 단지 자신의 시아버지가 화장실 볼일을 제대로 보지 못하기 때문이 아니었다. 지수의 가장 큰 걱정은 치매 노인들이 전형적으로 가질 수 있는 외출의 위험이었다. 집 밖으로 나가길 원하는 최인보의 머릿속은 자신이 현재 있는 이곳이 진정한 자신의 집이 아니라는 생각이 지배하고 있기 때문이었다. 그 때문에 최인보는 기회만 되면 이곳을 벗어나려 했는데, 그렇게 밖으로 나가버리면 그것으로 그만이었다. 그 이후, 자신이 진짜 가야 할 곳에 대한 정보는 머릿속에 하나도 남겨두지 않은 상태에서 최인보

너머의 세상

는 결국 거리를 헤매다 단 한 번도 가본 적이 없는 낯선 곳에서 밤을 새우거나, 운이 좋으면 지구대에서 가족의 연락을 기다리곤 했다. 그런 일들이 한두 번이 아니었기에 지수는 가슴이 아프지만 방문을 잠가놨던 것인데, 몽우는 지수의 부탁이 갖는 의미를 제대로 이해하지 못했다.

몽우가 결국 중요한 아이템을 획득하고 일정한 게임의 관문을 통과한 뒤였다. 몽우는 자신의 플레이어가 획득한 하루 동안의 성과를 뿌듯하게 지켜보며 크게 기지개를 켰다. 함께 게임에 동참한 플레이어들도 서로 인사를 하며 채팅방에서 퇴장했고, 몽우는 고개를 뒤로 크게 젖히며 자신도 이제 잠을 자야겠다고 생각했다. 무엇보다 피곤해 견딜 수 없었다.

그런데 그때. 몽우의 머릿속에서 '아차' 하는 탄성이 섬광처럼 스치고 지나갔다. 몽우는 반사적으로 휴대폰 화면 속 현재 시각을 확인했다. 오후 4시를 막 넘고 있었다. 그제야 몽우는 화장실로 들어갔던 할아버지 최인보를 생각했다. 꽤 오랜 시간이 지났는데, 몽우의 귀엔 아무 소리도 들리지 않았던 것 같았다.

그렇게 설마 하는 생각에 몽우가 단숨에 밖으로 나왔을 때, 녀석의 눈에 들어온 건 반쯤 열린 화장실 목재 문이었다. 그리고 또 하나의 열린 문이 보였다. 바로 화장실에서 나오자마자 보이는 쪽방 주택의 대문이었다.

놀란 몽우가 가장 먼저 화장실 안을 확인했다. 아무도 없었다. 서둘러 열린 문밖을 내다봤지만 사람의 인기척을 확인할 순 없었다.

다급해진 몽우는 한걸음에 내달려 옆방 문을 열어젖혔다. 자물쇠가 잠기지 않은 방 안을 들여다본 몽우가 자신도 모르게 한숨을 내쉬고 말았다. 최인보의 방 안엔 그가 없었다. 하루 종일 부동의 사물처럼 티브이를 바라보고 누워 있는 최인보가 이젠 그 어디에도 보이지 않는 것이다.

"아, 씨발. 엿 됐어."

몽우가 헝클어진 머리를 쓸어 넘겼다.

"어떻게 하지?"

지금 상황을 어떻게 해야 할지, 몽우는 난처하기만 했다. 밖에 나가서 찾아야 하나? 당장 지수 아줌마에게 전화해서 이 상황을 말해야 하나? 녀석의 당혹스러움은 계속해서 부풀어 올랐다.

14

　왼발을 운동화에 구겨 넣는 것도 잊은 채 최인보는 지하철 3호선 옥수역까지 걸어 내려왔다. 가파른 경사의 옥수동 언덕 길은 오르는 것도 고역이지만 걸어 내려가는 것도 여간 힘든 게 아니었다. 더욱이 왼발이 맨발이며, 거동조차 불편한 최인보에겐 결코 쉬운 일이 아니었다.

　초여름 더위를 피해 밖에 나와 있던 아주머니들은 골목 가게 몇 개를 거쳐 지나가는 최인보의 모습을 심상치 않게 바라봤지만 그걸로 그만이었다. 최인보가 치매에 걸렸는지, 집요하게 찾아가고 싶어 하는 그 어딘가가 어느 곳인지, 그런 저간의 사정을 거리의 그들은 알 수도 없었고, 알고 싶지도 않아 했다. 그녀들을 비롯한 옥수동 언덕길을 오르내리는 행인들, 주민들의 눈에 비친 최인보는 대도시 서울에 넘쳐나는 노인들 중 한 명일 뿐이었다.

　무관심 속에서 최인보는 오직 한 곳만 바라보며 걸음을 옮겼다. 그의 머릿속에 남아 있는 단 하나의 희미한 기억, 그 기억은 희미했지만 그곳에 가야 한다는 목적의식만큼은 강렬했다.

그에겐 다른 장애들은 좀처럼 고려 대상이 될 수 없었다. 그의 발걸음을 이끄는 건 오직 그 하나의 목적의식뿐이었다. 가야 한다. 가야만 한다.

버스 정류장 앞에 선 최인보는 한참을 서성거렸다. 버스를 기다리는 젊은 여자에게 다가갔지만, 여자는 최인보를 괴물 쳐다보듯 바라보며 주춤 물러났다. 갓난아이를 등에 업은 젊은 엄마 역시 마찬가지였다. 최인보는 버스에 올라타는 사람들의 팔을 붙잡으려 했고 물으려 했다. 뭔가 말을 해야 한다는 절박함의 우물거림이 계속되었지만 그것이 구체적인 질문으로 연결되진 못했다.

그러던 중 버스 한 대가 들어왔다. 271번 버스였다. 기다리던 사람들이 버스가 오자 일제히 앞문으로 향했다. 최인보도 그들의 행렬에 합류했다. 중간에 합류한 최인보가 뭔가에 떠밀리듯 버스 계단을 오르다가 멈춰 섰다. 이를 지켜본 운전사가 짜증스럽게 물었다.

"뭐하시는 거예요?"

"거기 가?"

"예? 뭐라고요?"

"거기…… 거기 가냐고?"

최인보가 답답한 듯 손을 들어 좌우로 흔들었다. 손짓을 하며 그곳을 물었다. 운전사도, 뒤에서 탑승을 기다리는 승객들도 짜증스러워하기 시작했다. 운전사가 언성을 높였다.

"타려면 타고 내리려면 내리세요. 왜 뒤에 승객들까지 가로막고 난리야."

순간, 최인보가 무언가에 떠밀려 버스 위로 올라탔다. 뒤에 있던 남자가 참다 못해 최인보의 등을 떠민 것이다. 버스 안에 올라탄 최인보가 그 자리 그대로 서 있었다. 승객들이 모두 교통카드를 접촉하곤 버스 안으로 빈자리를 찾아 들어간 후에도 최인보는 그 자리 그대로 서 있었다. 운전사가 분통을 터트렸다.

"아이, 노인네! 정말! 돈 안 낼 거예요? 돈 없어요?"

"가…… 가자고."

"아니, 가자고만 하지 마시고. 버스를 탔으면 돈을 내셔야죠. 버스가 무슨 경로 우대하는 지하철인 줄 알아."

"가자고!"

"할아버지."

"가자고!"

"……."

"가! 가! 가자고!"

최인보는 목이 가라앉을 때까지 소리를 질렀다. 갑자기 버스 안엔 정적이 찾아왔다. 운전사가 황당한 얼굴로 그를 살폈다.

최인보의 핏발 선 눈동자와 마주친 순간, 남루한 차림새에 더욱이 맨발인 한쪽 발을 본 순간, 운전사는 그의 상태를 짐작한 듯했다. 운전사는 작은 목소리로 투덜대더니 이내 기어를 변속시키며 액셀러레이터를 밟았다. 버스는 요란한 소리와 함께 동호대교 너머 압구정역을 향해 출발하기 시작했다.

15

"처음 보여주시네요."

"그랬어?"

"내내 궁금했어요."

지수가 수줍게 웃음 지었다. 자리에 누운 정 여사. 지수는 정확히 하루에 두 번 그 등을 닦아야 했다. 오후 4시가 지난 시각, 지금이 두 번째로 닦는 시간이다. 지수는 정 여사의 얼굴이 벽을 향하도록 돌려 눕힌 후, 조심스럽게 그녀의 윗옷을 가슴 부위까지 걷어 올렸다. 그러곤 미지근한 물로 적신 부드러운 엠보싱 느낌의 타월로 정 여사의 등을 닦아 내려가기 시작했다.

앙상했다. 그래서 항상 조심스러웠다. 다년간 노인요양시설과 사회복지시설에서 간호조무사로 일한 지수였지만 정 여사의 속살을 대하는 건 언제나 힘들고 난처했다. 근육무력증 진단을 받은 이후부터 정 여사의 몸에선 살을 찾아보기가 어려웠다. 한 달이 지나고, 또 한 달이 지나고, 매일 엇비슷한 시간에 등을 닦아주고, 이틀에 한 번씩 전신을 닦아주는 지수의 눈에 비친 정 여사의 몸은 갈수록 앙상했다. 살이 잡히지 않는,

온몸을 지탱하고 있는 최후의 보루와 같은 뼈가 그대로 피부를 뚫고 돌출될 정도로 노골적으로 보이는, 미라와 같은 정 여사의 등. 욕창을 막기 위해 그 등을 닦아낼 때마다 지수는 언제나 조심스럽게 행동했다. 정해진 범위에서 조금이라도 더 힘을 주면 정 여사의 뼈가 바스러질 것 같은 불안한 상상을 떨쳐낼 수 없었기 때문이다.

매번 몸을 닦을 때마다 극도로 긴장하는 지수의 상태를 알았던 걸까. 정 여사가 돌아누운 상태에서 조심스럽게 자신의 손에 쥔 사진을 보여주었다. 숟가락이나 경량의 필기도구조차 잡을 힘이 없는 상태에도 항상 손에서 놓지 않던 한 장의 사진을 정 여사는 지금껏 한 번도 공개하지 않았다. 그런데 오늘, 언제나처럼 잔뜩 긴장한 지수에게 손에서 사진을 꺼내 같이 볼 것을 제안한 것이다. 정 여사를 돌아눕힌 채 몸을 닦아내기 전 지수는 사진 속 인물을 살폈다. 어딘가 모르게 낯이 익어 보이는 한 남자의 상반신이 찍혀 있는 바닷가 배경의 스냅사진이었다. 사진을 확인한 지수가 다시 정 여사의 손에 사진을 쥐어주며 말을 이었다.

"그런데 저…… 말이에요."

"말해."

"누군지 대충은 알 것 같아요."

"누굴 것 같아, 지수 씨?"

너머의 세상

"맞혀볼까요?"

"응, 맞혀봐."

"바깥어른은 아니신 것 같아요."

"왜 그렇게 생각해?"

"얼굴이 너무 닮았어요. 사모님하고요."

"그렇지?"

"눈매며, 분명한 콧날까지 사모님을 꼭 빼닮았어요."

"맞아, 제대로 봤어."

"아드님이세요?"

"응."

"아드님 사진을 그렇게 늘 손에 쥐고 계신 걸 보니 많이 아끼
시나 봐요."

"많이 아껴. 마음속으로."

"예?"

지수는 정 여사의 말을 제대로 알아듣지 못했다. 정 여사가
너무나 담담하게 사진 속 아들의 현재를 말해주자 지수의 입에
서 나지막한 탄식이 흘러나왔다.

"작년에 하늘나라로 떠났어."

"죄송해요."

"죄송하긴. 지수 씨가 죄송할 게 뭐 있어."

"많이 생각나시겠어요."

"맞아, 한창 더 배우고 공부해야 할 나이였는데…… 꽃도 피워보지 못하고."

닦기를 마친 지수가 다시 조심스럽게 정 여사를 돌아눕혔다. 천장을 올려다보는 정 여사의 표정은 언제나처럼 평온했다. 죽음과 비교될 정도의 갑갑함이 온몸을 짓누르는 상태에서도 정 여사는 평심을 잃지 않았다. 그랬던 그녀였지만 아들 이야기를 게워내는 순간만큼은 달랐다. 음성이나 말투는 그대로였지만 눈시울이 붉어지는 것만큼은 숨길 수 없던 모양이다. 점점 붉어지는 정 여사의 눈동자를 보는 순간 지수는 몇 달 전부터 집에 들어오지 않는 아들 우빈을 떠올렸다.

"박사님도 일찍 세상을 등졌고, 그래도 남은 희망은 아들이었는데. 이제 남은 건 나 혼자야."

"……."

"지수 씨."

"말씀하세요."

"나 계속 살아야 해?"

무표정했다. 그녀는 감정의 동요를 찾아볼 수 없는 무덤덤한 얼굴로 지수에게 물었다. 농담도, 푸념도 아니었다. 삶에 대한 미련을 찾아볼 수 없는 눈빛이었다. 지수는 정 여사의 무표정을 지켜보며 자신도 모르게 고개를 가로저었다. 정 여사가 말을 이었다.

너머의 세상

"남편과 아들이 간 곳으로 좀 더 일찍 찾아가는 건 어떨까?"

"사모님."

"아니, 지금도 나 많이 늦은 것 같아."

"그런 생각 마세요."

"지수 씨…… 난 지금 살아 있는 게 아니야. 이게 사는 거라고 생각해?"

"아니에요, 사모님."

"아니라고?"

"사모님은 분명히 살아 계세요. 지금 저를 보고 계시고, 비록 먼저 하늘나라에 가 있지만 사랑스러운 아드님을 마음속에 품고 계세요. 그게 살아 있는 게 아님 뭐겠어요."

정 여사에게 말을 건네는 내내 지수에게 편린처럼 우빈의 얼굴과 말들이 스쳐 지나갔다. 언젠가, 지금은 이혼한 전남편의 폭력을 견디다 못해 집을 나왔을 때, 터미널 딱딱한 나무 의자에서 하룻밤을 지새우던 그 기약 없는 절망의 순간에도 엄마를 위로해주던 이는 갓 초등학교에 입학한 우빈이었다. 중증의 알코올중독을 앓던 제 아빠가 홧김에 내던진 술병에 맞아 이마 전체가 피범벅이 된 우빈이 말을 건넸다. 흐르는 피를 휴지로 틀어막으며, 어서 빨리 이 지옥에서 벗어나길 보이지 않는 신에게 기도하던 그때, 우빈이 했던 말이 있다. 지금도 지수에겐 그 말이 잊히지 않고 남아 있다.

'엄마, 울지 마. 내가 있잖아.'
'내가 있잖아.'

너머의 세상

16

짙은 먹구름이 하늘을 가득 메운 탓에 늦은 오후부터 어둑
어둑했다. 금방이라도 굵은 빗방울을 거칠게 뿌려낼 기세였다.

밖으로 나온 현수가 인도에서 빌딩 위를 올려다봤다. 25층
건물은 언제나 그랬듯 당당하고 친절해 보였다. 서울 시민 누가
보아도 별다른 악감정을 품지 않는, 오히려 강남에서 성공한 벤
처 기업인들, 증권맨들의 신화를 느끼게 해주는 상징적 장소로
만 비쳐졌다.

하지만 현수에게 이곳은 막다른 절망을 상징하는 거대한 벽
으로만 느껴졌다. 아무리 소리치고 외쳐보아도 현수 자신이 토
해낸 울분과 공분의 메아리 외에 그 어떤 답변도 들을 수 없는
분노. 그 분노는 이제 석 달이란 무응답의 시간을 통해 현수에
게 단 한 가지 감정으로 압축되었다. 공허함. 그것이었다.

이삿짐용 크레인이 테헤란로 8차선의 우측 차선 하나를 가
로막고서 멈춰 섰다. 작심하고 시동을 끈 기사가 운전석에서 내
려 크레인을 점검했다. 현수가 담배 한 개비를 입에 물고 불을

붙인 다음 오래된 후배인 크레인 기사에게 다가가 담배를 건넸다. 담배를 받아든 후배와 현수는 나란히 빌딩을 올려다봤다. 후배가 물었다.

"몇 층이에요?"

"20층, 올라갈 수 있겠어?"

"최고로 올라가는 거 수배해서 갖고 오긴 했는데, 약간 못 미칠 수도 있을 것 같은데."

"19층이라도 창문가에 붙기만 하면 돼."

"그런데 형."

"말해."

"꼭 이렇게 해야 되는 거요?"

"응?"

"아니, 그냥."

"왜? 뭐가 잘못됐어?"

"그런 건 아닌데…… 형이 너무 힘들어 보여서."

"다른 길이 있으면 알려줘."

"뭐라고요?"

"진심으로 묻는 거야. 정말 달리 빠져나갈 길이 있다면 나도 이렇게까지 하고 싶지 않아. 하지만 난 모르겠어. 이 길밖에는 다른 길이 생각나지 않아."

"미안해, 형."

"아니야, 말해줘."

"내가 괜히 말한 것 같아."

"말해달라고. 내가 어떻게 했음 좋겠니?"

"……."

"응?"

후배는 더 이상의 답을 피했다. 현수는 그런 후배에게 쓴웃음을 지으며 어깨를 두드려주었다. 그러자 현수가 한 번 결심한 사항을 번복하는 법이 없다는 걸 잘 알고 있던 그의 오랜 후배는 서둘러 크레인 위치를 가늠하기 시작했다.

로비 밖으로 주 대리가 걸어 나왔다. 주 대리의 손엔 소화기 두 대가 쥐어져 있었다. 주 대리의 걱정스런 눈빛 뒤로 따라붙은 건 본사 간부급 직원 두 명과 청원경찰들이었다. 그들을 발견함과 동시에 현수는 크레인 상판에 서둘러 올라탔다. 주 대리가 현수가 올라탄 상판 위에 소화기를 올려놓았다. 뒤따라 걸어 나온 농성원들이 주 대리의 행동을 제지하려고 달려드는 청원경찰들을 가로막았다. 이내 빌딩 앞 도로가 아수라장으로 변했다. 행인들은 흥미 있는 싸움판 바라보듯 농성원들과 청원경찰들의 몸싸움을 흘겨보며 지나갔다.

"정말 괜찮으시겠어요?"

주 대리가 걱정스런 눈길을 품고서 물었지만, 이미 현수를 태운 크레인은 올라가고 있었다. 근심 가득한 얼굴의 주 대리에게 현수는 손을 흔들어주는 것으로 답을 대신했다. 그런 현수를 바라보던 본사 간부들이 현수와 농성원들을 향해 삿대질을 해가며 소리를 질렀다.

"당신들, 정말 이런 식으로 나오면 오늘 아예 전경 불러 죄다 쓸어버릴 거야."

"씨발, 맘대로 해. 맘대로. 겁날 줄 알아!"

농성원 중 한 명이 악에 받친 듯 윗옷을 벗고 고성을 질렀다. 발악에 가까운 농성원의 몸짓에 청원경찰들도 기가 질려 한 걸음씩 물러서고 말았다. 주 대리는 그들의 대치 상황을 바라보면서 서둘러 빌딩 안 로비로 걸어 들어갔다.

크레인이 마지막 레일까지 끌어올려진 순간, 마침내 하늘에서 굵은 빗방울이 떨어지기 시작했다. 지상으로부터 하늘로 치솟아서일까. 갑작스런 초여름 변덕 탓인가. 강한 비바람이 몰아치면서 레일이 한차례 크게 휘청거렸다.

멈추지 않고 상승을 거듭한 크레인은 정확히 20층에 멈췄다. 하지만 불투명 유리로 막힌 탓에 그 너머, 본사 중역실의 모습은 좀처럼 살필 수 없었다.

20층 높이에 도달하자 마침내 현수가 웅크렸던 몸을 일으켰다. 비바람이 부는 탓에 제대로 맞서서 서 있기조차 힘들 지경

　　　　　　　　　　　　너머의 세상

이었다. 하지만 현수는 그대로 건물 유리 앞에 몸을 세우고, 마지막 젖 먹던 힘까지 짜내어 소리쳤다.

"창문 열어요!"

"……."

"열고 우리의 소리 한 번만 들어줘요!"

매끄러운 커튼월 창문 너머로 굵은 빗방울이 맺혀 들었다.

"요구 사항 같은 거 말하지 않을 테니까. 한 번만 대화 좀 해줘요. 어떻게 우리한테 이럴 수 있어요?"

"……."

"뭐라고 말 좀 해봐요! 말 좀 해보라고!"

벽에다 대고 소리 지르는 기분이라 해도 현수는 진실을 말하려고 애썼다. 이미 혹사당할 대로 혹사당한 목에서 피가래가 끓어도 현수는 멈추지 않았다. 소리치고 또 소리쳤다. 하지만 언제나 그랬던 것처럼 20층의 최고경영자 사무실은 묵묵부답이었다. 지금 현수의 눈과 귀에 들어오는 건 몇 대의 119 구급차들과 그 경고음뿐이었다. 이번엔 작심하고 현수와 농성원들을 검거하기 위함으로 보였다.

답답해진 현수가 소화기를 집어 들었다. 다시 한 번 거친 바람이 몰아쳤다. 한차례 몰아친 바람을 견뎌낸 현수가 잠시 잠잠해진 틈을 타고 힘껏 소화기를 20층 유리를 향해 내던졌다.

'쾅' 소리만 들렸다. 하지만 요란한 굉음만 크게 들려올 뿐,

유리는 깨지지 않았다. 조금의 균열도 생기지 않았다. 다급해진 현수가 이번에는 또 다른 소화기를 더 힘껏 내던졌다. 엄청난 충격음이 들려왔지만, 여전히 유리는 박살나지 않았다. 그대로, 있는 그대로의 현실로 돌아와 버린 것이다.

허탈해진 현수가 그대로 자리에 주저앉아 버렸다. 지상의 세계에선 모두들 현수의 실패를 넋을 잃고 지켜보고 있었다. 그 순간, 20층에서 지상으로 떨어진 소화기가 폭발했다. 하얀 분무를 쏟아내는 통에 다시 지상은 비명과 악다구니의 아수라장으로 돌변했다. 주저앉은 현수의 눈에서 맑은 눈물이 흘러내렸다. 현수는 울지 않았다. 오히려 마음이 차갑게 가라앉기만 했다. 그런데도 눈물은 멈추지 않았다. 볼을 타고 하염없이 흘러내렸다.

'이젠 정말 어쩔 수 없어.'

현수는 떠오르는 생각을 막을 수 없었다. 그는 다시 지상으로 내려오기 시작했다.

너머의 세상

17

'쿵' 소리가 들리자 20층에 모인 임원들이 한 명도 예외 없이 자리에서 일어섰다. 그들은 겁에 질린 얼굴로 커튼월 창밖을 바라봤다. 이삿짐용 크레인을 타고 올라선 현수의 모습을 그들은 흉악한 범죄자 보듯 바라봤다. 윤정우도 일어섰다. 일어서서 다가가려 했다. 창문 쪽으로. 창문을 열고 그가 오랫동안 익숙하게 불러오던 현수, 최 부장을 만나기 위해. 지금 언제나 자신의 옆을 지키고 있던 최 부장이 허공 위 누각에 갇혀버린 자신에게 한마디라도 하기 위해 올라오고 있다. 만나야 한다. 말해주고 싶었다. 자신의 현재 상황을. 자신의 마음을. '나도 답답하다고.' '나도 미칠 것 같다고.'

한 걸음 옮겼을 때, 새로 투입된 경호업체 직원들이 윤정우를 가로막았다. 윤정우가 비키라고 했지만 그들은 듣지 않았다. 가로막힌 윤정우가 정리해고를 주도해온 정 상무를 바라봤다. 자신보다 다섯 살 많은, 직장 상사로서 입사 초기부터 봐온 백발의 정 상무에게 윤정우가 마음속으로 물었다. 정 상무는 침통한 얼굴로 고개를 가로저었다. 고개를 가로저으며 단호함이 배어 있는 한마디를 남겼다.

"안 됩니다."

윤정우가 따지듯 물었다.

"뭐가 안 된다는 거예요?"

"저런 식으로 떼쓴다고 말을 섞기 시작하면, 그걸 바로 협상 시작이라고 생각할 겁니다. 그럼 지는 겁니다."

"지고 이기고가 어디 있습니까. 우린 저들에게 충분히 설명 해주지 않았어요."

"충분히 말해준다고 달라지는 건 없어요."

"달라지진 않는다고 해도 최소한 이해받을 순 있겠죠."

"사장님."

정 상무가 윤정우의 말을 잘랐다. 윤정우가 다시 임원들을 바라봤다. 그들 모두 잔뜩 굳은 표정으로 윤정우를 바라봤다. 암울했다. 막 비를 뿌리기 시작한 궂은 날씨처럼 그들의 표정도 모두 굳게 가라앉았다. 그들 모두의 심정을 정 상무가 대신했다.

"지금 우리 앞에 놓인 안건을 보세요."

"……"

"우리와 함께 한솥밥 먹던 식구들, 우리 수족 중 뭘 잘라낼지 결정하는 자리입니다. 열 손가락 깨물어 안 아픈 자식 없다고 했는데, 우린 지금 그 열 손가락에서 검지를 자를지, 중지를 자

너머의 세상

를지 결정해야 한다고요."

"정 상무님."

"냉정을 되찾으세요. 제가 사장님께 드릴 수 있는 말씀은 그
것뿐입니다."

그렇게 말한 정 상무가 다시 자리에 앉았다. 임원들도 따라
앉았다. 마지막으로 윤정우 혼자 남았다. 숨이 막혔다. 그냥 내
려가고 싶었다. 모든 걸 포기하고만 싶다고 윤정우는 생각했다.
그렇게 지옥과도 같은 시간이 지나가고 있었다.

18

"지호 친구들이니?"

미연이 환한 웃음으로 문 앞에 선 우빈과 아이들을 반겼다.

우빈이 초인종을 누를 때, 다른 세 명은 엘리베이터 앞에 바싹 붙어 있었다. 지호가 집 안에서 인터폰 화면을 살필 것이고 화면에 우빈만 확인되면 문을 열어줄 거란 계산에서였다. 석구 일행을 철저하게 배신한 후에도 지호는 우빈과 몇 번 문자를 주고받았다. 소원하게나마 그렇게 둘 사이 관계의 끈은 유지되고 있었다. 그랬기에 석구는 우빈을 이용해 지호 외에는 아무도 없을 것으로 예상되는 녀석의 집 안으로 급습할 계획을 꾸밀 수 있었다.

그런데 예상과 전혀 다른 일이 벌어졌다. 30분 전, 석구가 지호의 집에 전화를 걸었을 때만 해도 지호의 목소리를 들을 수 있었다. 익숙하게 들어오던 지호의 목소리를 확인한 후 바로 전화를 끊은 석구는 그 30분 동안 지호가 자신들의 존재를 눈치 채고 다른 곳으로 도망갔을 거란 생각은 할 수 없었다. 거기에 또 하나의 변수가 눈앞에 드러났다. 미연이 출현한 것이다. 수요

너머의 세상

일 오후 4시에 외동아들인 지호의 집에 낯선 여자, 미연이 있는 현실 또한 석구 일행에겐 돌발 변수였다.

인터폰에서 우빈의 얼굴을 확인하고 문을 열어준 미연은 우빈 혼자만이 아니라 엘리베이터 문가에 붙어 있던 석구와 형우, 가람의 존재까지 알아보곤 더 환하게 웃었다. 우빈은 미소 짓는 미연과 그런 그녀를 잔뜩 긴장한 눈으로 집어삼킬 듯 노려보는 석구를 번갈아 바라보며 할 말을 찾을 수 없었다. 무슨 말을 어떻게 해야 할지, 그저 이곳을 벗어나고만 싶은 마음뿐이었다. 하지만 석구는 달랐다.

"왜 거기 그러고 서 있어? 너희들도 지호 만나러 왔어?"

우빈이 말을 못하고 망설이자 석구가 문 앞으로 한 걸음 다가온 다음 말했다. 열린 현관문 너머 지호의 집 안을 두리번거리며.

"지호 없어요?"

"응, 보다시피."

"어디 갔는데요?

"작은엄마하고 유학 상담 받으러 갔어."

"오늘 영어 과외 받는 날 아니에요? 5시에 선생 오기로 해서 방금 전까지만 해도 전화 받았는데요."

"글쎄, 난 잘 모르겠어."

"누난 누구예요?"

석구의 말투가 더욱 거칠어졌다. 흥분하거나 일이 뜻대로 되지 않으면 녀석의 말투나 표정은 보는 이를 불안하게 만들 정도로 돌변하곤 했는데, 지금도 예외는 아니었다. 처음엔 환하게 웃어 보이던 미연 역시 석구의 거친 말을 듣게 되자 한층 표정이 가라앉았다. 미연은 조심스럽게 석구의 표정을 살폈다. 붉게 상기된 낯빛엔 상대에 대한 원망과 증오가 가득했다. 석구의 눈빛을 확인한 그녀 역시 당황스러워했다. 우빈은 여전히 현관 앞에 서서 그녀와 석구를 불안하게 살폈다.

"난 미연이야. 지호 사촌 누나."

"그래서, 지금 지호가 없다는 거네요?"

"응, 내가 전화해줄까? 친구들이 왔다고."

"필요 없어요."

"아니야. 작은엄마하고 지호, 지금 막 출발했어. 아마 지하 주차장에 있을지도 몰라. 전화해줄게."

그렇게 말한 미연이 돌아서서 거실 쪽으로 걸어갔다. 문은 내부 걸쇠조차 잠겨 있지 않았다. 우빈은 석구의 거친 태도에 당황스러워하며 최대한 자신들을 배려하기 위해 한 걸음이라도 빨리 움직이려고 문도 닫지 않고 거실로 들어간 미연을 원망스럽게 쳐다봤다. 미연이 거실 안으로 들어가자 석구가 나지막한 소리로 짧게 욕설을 뱉은 후 집 안으로 성큼 들어가버렸기 때문이다.

우빈이 자신의 어깨를 밀치고 들어가려는 석구의 팔목을 자신도 모르게 붙잡았다. 석구가 독기 가득한 눈으로 우빈을 노려보자 우빈이 안타까운 표정을 지으며 고개를 저었다. 우빈은 더 이상의 말은 하지 않았다. 고개를 가로젓는 행동 속에 '그만 돌아가자'는 만류의 메시지가 담겨 있었고 그 외 다른 말로 석구를 설득할 자신이 없었던 탓이다. 하지만 석구의 눈빛을 보면서 우빈은 더 이상 녀석을 말릴 수 없다는 절망만 실감해야 했다. 한 번 작심한 이상 끝장을 보려 하는 석구의 집요한 본성이 어쩌면 석구를 학교에서 최우선 요주의 인물, 문제아로 낙인찍히게 했는지도 모른다. 그렇게 문제아의 낙인이 찍힌 자신과 함께하며 학교로부터의 일탈에서 쾌락을 추구하던 이들 역시 자신의 집요한 태도를 믿어왔기에 석구는 결코 멈추지 않을 기세였다. 멈출 수가 없었다. 멈추기엔 이미 너무 와버렸고, 돌이킬 수도 없게 되었으니까.

석구는 지호의 집 안으로 운동화조차 벗지 않고 성큼 들어섰다. 형우와 가람도 서로의 눈치를 보다 현관 안으로 들어갔다. 그러곤 여전히 문 앞에 서 있는 우빈에게 빨리 들어오라는 손짓을 했다. 우빈은 주위를 둘러봤다. 엘리베이터 가동 소리가 미세하게 들렸다. 우빈 역시 이제는 어떤 다른 선택도 할 수 없으며, 돌이킬 수 없다는 확신이 생겼다. 그 확신에 사로잡힌 우빈이 마지막으로 현관 안으로 들어와 문을 닫았다. 그때, 거실 테이블의 수화기를 집어 들던 미연이 짧은 비명을 질렀다. 석구가 미연의 손에서 수화기를 빼앗아 그대로 바닥에 집어던졌기 때문이다. 미연은 더욱 난폭해진 석구를 바라보며 말을 잇지 못했다. 신발조차 벗지 않은, 극도의 흥분 상태에 빠져 있는 모습. 미연은 이제야 지호의 친구들이라 소개한 이들이 심상치 않은 목적을 갖고 사촌 동생의 집을 찾아왔다는 걸 직감했다.

그 실감이 그녀로 하여금 본능적으로 현관으로 향하게 했다. 그렇게 미연이 현관 앞에 멈춰 선 우빈과 눈이 마주친 순간, 우빈 역시 자신도 모르게 문을 잠그고 말았다. 운동화도 벗지 않고 거실 안으로 들어선 석구의 행동으로 인해 이들 네 명 모두 무단침입을 범한 범죄자가 되어버린 것이다.

너머의 세상

19

오후 4시가 되면 파견업체 판매 팀원들은 판촉이나 고객 응대 업무를 그만두고 지하 창고로 내려간다. 남자들은 물류센터 직원들과 함께 카트 수선이나 재고 정리를 돕고, 여자들 역시 자질구레한 물품 정리를 도와야 한다.

물품 정리 구역은 날마다 달라진다. 지하 4층 채소 보관 창고로 투입되는 경우도 있고, 아주 간혹 지하 5층 어류 보관 창고로 내려가는 경우도 있다. 물론 어류 보관 창고에 파견업체 직원을 내려 보내는 일은 흔한 일이 아니다. 비록 냉동된 제품들이라 해도 어류 보관 창고는 특유의 비린내로 가득한 곳이어서 유니폼 차림으로 한 번 들어왔다 나가면 좀처럼 냄새가 가시지 않기에, 처음부터 지하 5층에 있던 이들이 아니면 그곳으로 파견하지 않는 것을 원칙으로 해왔다.

하지만 오늘 세영이 내려가야 할 곳은 지하 5층이었다. 물론 이런 지시는 판매2팀 직원들의 생사여탈을 쥐고 있는 김 팀장의 결정에 좌우된다.

지하 5층으로 내려가게 된 건 판매2팀에서 세영 혼자였다.

지하 1층 식품 매장에서 물건 진열을 계속하던 세영에게 김 팀장이 퉁명스럽게 지시했을 때 세영은 별다른 항변을 할 수 없었다. 동료 직원들이 세영을 보며 '괜찮겠어?'라고 말했지만, 그런 말들이 세영의 귀에 제대로 들려오진 않았다.

창고 안으로 들어갔을 때만 해도 두 명의 담당 직원이 눈에 뜨였다. 둘 다 세영의 등장에 난처해하는 기색이 역력했다. 세영의 복장만 보더라도 그랬다. 그들 둘은 언제라도 생선 토막들과 뒤엉킬 준비가 된 조리사 복장이지만, 세영은 방금 전까지 매장에서 고객을 응대하던 유니폼 차림이었다. 유니폼 차림으로 이곳에 들어와 자신들을 지원할 수 있는 일이 뭐가 있을지, 자신들이 세영에게 뭘 지시할 수 있을지 난감해했다.

그렇게 한참 동안 두 명의 직원은 세영에게 아무 말도 건네지 않았다. 그저 묵묵히 스티로폼 박스들을 옮기고 부패한 생선들을 커다란 통에 담아내는 선별 작업에만 집중했다.

세영 역시 그들에게 별다른 말을 건네지 못하고 그저 멍하니 창고 문 앞에 서 있을 뿐이었다. 그러던 그녀는 높은 천장을 올려다보았다. 냉동 창고의 차디찬 공기에 천장을 차지한 짙푸른 형광 불빛의 행렬이 더욱 차갑게만 느껴졌다.

잠시 후, 김 팀장이 지하 5층에 모습을 나타냈다. 김 팀장은

너머의 세상

문가에 가만히 서 있기만 하던 세영에게 평소의 습관처럼 하루 살이 목숨이나 다름없는 파견업체 직원 대하듯 '왜 이러고 가만히 서 있느냐. 가서 뭐라도 도와라'는 식의 핀잔이나 다그침의 말을 하지 않았다. 다만 자신과 눈을 마주친 세영을 물끄러미 바라보기만 할 뿐이었다. 다정히 웃는 것도 불같이 화를 내는 것도 아닌, 평소의 그에게선 좀처럼 보기 힘든 표정에 세영은 난처하기만 했다.

그렇게 알 수 없는 표정으로 세영을 살핀 김 팀장이 냉동 창고 직원들에게 드링크를 한 병씩 나눠줬다. 생선 피로 범벅이된 장갑을 벗고 드링크를 들이켜던 직원들이 세영을 손가락으로 가리키며 김 팀장에게 말을 건넸고, 김 팀장도 그에 대한 나름의 답을 하는 것 같았는데, 무슨 대화를 나누는지는 세영의 귀에 들려오지 않았다.

서로 몇 마디 주고받던 직원들이 창고를 빠져나갔다. 김 팀장은 그 자리에 그대로 남았다. 세영은 뭘 어떻게 해야 할지 몰라 문가에 기대고 서서 잠자코 김 팀장의 반응을 기다렸다. 지하 5층 냉동 창고 안엔 그렇게 김 팀장과 세영, 둘만 남게 되었다.

잠시 후, 뭔가를 결심한 듯 김 팀장이 세영에게 다가왔다. 세영은 자신도 모르게 문을 살펴봤다. 다행인지 문은 잠겨 있지 않았다. 문의 개폐 여부를 순간적으로 점검할 정도로 세영은 김 팀장에게 알 수 없는 위협감을 느꼈다. 단지 업무 이야기를 하기 위해 자신과 단둘이 있는 상황을 꾸민 게 아니란 확신이 든 후부터는 더욱 그랬다.

'무슨 이야기를 하고 싶은 걸까. 도대체 무슨.'

그런 식의 궁리와 초조함으로 가득 차 있던 세영의 심장이 어느 순간부터 거칠게 두근거리기 시작했다. 작심하고 꺼낸 김 팀장의 한마디를 듣는 순간 그 두근거림은 한층 더 증폭되었다.

"세영 씨, 나 사실 할 말이 있어."

"무슨 말씀인데요?"

세영은 갑자기 오한을 느꼈다. 초여름 날씨이긴 했지만 얇은 소재의 유니폼 차림으로 냉동 창고에 들어와 이십 분 이상 가만히 서 있다 보니 온몸이 약하게나마 떨리는 기분이 드는 것도 같았다. 하지만 자신에게 갑작스럽게 찾아온 추위는 김 팀장이 내뱉는 말들을 듣는 이 상황이 원인일지도 모른다고 생각했다. 그런 세영의 불길한 예측은 적중했다.

"세영 씨, 나 이혼한 거 알지?"

"아니요. 저, 그런 말씀 들어본 적 없어요."

"지난번 회식 때 내 말 못 들었어? 외롭다고."

"예. 그 말씀 하신 건 기억나는데 이혼하셨다는 이야긴 못 들었어요."

너머의 세상

"그래. 뭐, 모를 수도 있겠지. 그런데 말이야. 나 정말 이상하지?"

"……?"

"이혼하고, 그 씨발년한테 아이까지 빼앗기고 나서 정말 죽을 만큼 괴로운데 말이야. 그래도 회사 나와 세영 씨를 보면 모든 근심과 걱정이 사라지곤 했어. 이거 정말 놀라운 일 아니야? 안 그래, 세영 씨?"

"팀장님."

세영이 낮은 목소리로 김 팀장을 불렀다. 김 팀장이 그녀가 듣기엔 그야말로 사생활인 이야기를 주절거리며 바짝 다가섰기 때문이다. 세영은 김 팀장이 한 걸음 다가온 것에 맞춰 창고 문가에 더 바짝 몸을 밀착시켰다. 세영이 경계하는 모습을 보이자 김 팀장의 얼굴이 방금 전 환희에 찬 말투과는 달리 무거운 표정으로 돌변해버렸다.

"왜? 내가 무서워? 내가 뭐 세영이 널 어떻게 할까 봐?"

"아니요. 그런 게 아니라."

"세영이, 나 그렇게 변태 같은 인간 아니야. 그리고 여긴 회사야. 내가 뭐 허튼짓하겠어?"

"그런 게 아니라요."

"나 정말 기분 나빠. 너, 나를 도대체 어떻게 생각하는 거야. 평소에 정말 친여동생 이상의 감정을 갖고서 널 대했는데, 넌

날 이렇게 짐승처럼 생각해왔던 거야? 이럴 수 있어?"

"김 팀장님. 갑자기 왜 이러세요."

"웃기지 마. 세영이 너도 별수 없는 여자애야. 나라고 뭐 이혼하고 싶어서 이혼한 줄 알아? 너까지 나 이혼당했다고 무시하는 거야?"

세영이 불안하게 김 팀장을 바라봤다. 그는 자신의 마음을 고백하기도 전에 스스로 자학에 가까운 독백들을 내지르며 괴로워했다. 세영은 어떻게 해야 할지 망설이고 또 망설였다. 지금이라도 밖으로 뛰어나가 김 팀장의 이상한 행동을 고발하고 싶었지만, 과연 자신의 말을 제대로 들어줄 수 있는 사람이 몇이나 될지 순간 심각한 회의감이 밀려들었다. 몇 달 전에도 정도 이상의 불쾌감을 일으키는 성희롱을 자행한 총무과 남자 직원에게 파견 여직원들이 모여 공개 사과를 요구했지만, 유야무야 넘어가고 말았다. 정직원임을 자부하는 남자 직원은 그 상태 그대로 자리를 유지했지만, 불만을 제기한 파견 여직원들은 분기마다 재계약을 결정하는 계약 갱신에서 단체로 계약 해지가 되고 만 것을 세영은 똑똑히 기억하고 있다.

세영이 망설이고 있는 동안 먼저 김 팀장이 창고 입구 쪽으로 걸음을 옮겼다. 그러곤 잠시의 흥분을 가라앉힌 듯 긴 한숨을 내쉰 후 말했다.

"내 말 진심이야. 나 너랑 연애하고 싶어."

　　　　　　　　　　　　　　　　　너머의 세상

"김 팀장님."

"잘 생각해봐. 제대로 생각하면 너도 나랑 연애하고 싶을 거야."

"그게 무슨 말씀이세요. 그런 말이 어디 있어요?"

"그래? 이게 말이 안 된다고 생각해? 그런 거야, 세영이? 응?"

"팀장님……"

"뭐, 제대로 판단이 설 때까지 여기에 있는 것도 좋은 방법이겠지."

김 팀장은 또다시 끓어오르는 흥분을 억누르며 그대로 문을 열고 나가버렸다. 세영은 그제야 몸을 움직여 입구로 걸음을 옮겼다.

세영이 출입문 손잡이를 붙잡았을 때였다. '철컹.' 냉동 창고의 문 잠기는 소리가 공간 전체에 무겁게 울려 퍼졌다. 그 순간 당황한 세영이 문을 두드리며 소리쳤다.

"열어주세요! 팀장님! 열어달라고요!"

밖에서 예의 날카롭고 신경질적인 말들이 세영의 귀에 시리게 파고들었다.

"제대로 정신 차릴 때까지 창고에 있어. 그리고 알지? 지금 있는 일, 어디에도 들어줄 사람 없다는 거 말이야. 생각 잘해, 세영 씨."

그 순간 창고 전체가 소등되었다. 세영은 더 힘껏 문을 두드리며 소리쳤지만 더 이상 아무 반응도 없었다.

세영은 그 자리에 그대로 주저앉았다. 그러곤 주머니에서 휴대폰을 꺼내 전원 버튼을 다시 켰다. 하지만 전원을 살려도 액정엔 통화 가능 지역이 아니란 표시만 보일 뿐이었다. 세영은 휴대폰의 액정 불빛이 꺼지면 다시 켜고, 꺼지면 다시 켜는 일을 반복했다. 그 희미한 불빛이 이곳을 밝히는 유일한 빛이었기 때문이다.

20

　지상으로 내려왔지만 달라진 건 아무것도 없었다. 오히려 더 혹독한 탄압, 경멸과 질타의 눈빛만 쏟아질 뿐이었다.

　크레인을 통해 20층을 지키는 사장단과 어떻게든 대화를 시도했던 현수의 계획이 물거품으로 끝나자 그를 바라보는 사람들의 시선은 하나같이 따갑고 차가웠다. 농성을 주도한 현수와 경호업체 경영진들의 무책임을 질타하는 듯한 본사 직원들의 시선은 얼마든지 참을 수 있다. 하지만 자신만을 믿고 석 달 동안 다른 일을 가져볼 시간조차 반납한 채, 계약의 일방적 파기 철회를 요구하는 야외 농성에 참여한 같은 회사 식구들이 보이는 실망감은 현수에게 암묵적으로 극단의 선택을 종용했다.

　회사 측에서 새로 고용한 경호업체 직원들과 실랑이를 벌이다 지친 농성원들이 그대로 인도 위에 주저앉았다. 어떤 이는 아예 드러누워 울먹였다. 또 어떤 이는 웃통을 벗어 던지고 비명을 지르며 자신의 답답한 처지를 한탄했다. 주 대리 역시 계속된 실랑이로 단체복 점퍼 곳곳이 찢겨나간 차림새로, 인공 화단 난간에 걸터앉아 물을 마시고 있었다.

지상으로 내려온 현수는 이들의 모습을 하나도 빠짐없이 눈 속에 담아냈다. 건물 앞에 돌진하듯 밀고 들어온 경찰차들과 전경들이 진압을 준비하는 모습도 눈에 띄었다. 문을 열어주지 않는 운전석의 후배 크레인 기사를 향해 '빨리 밖으로 나오지 않으면 공무집행방해죄로 현장 체포하겠다'는 으름장을 늘어놓는 경찰들과 본사 총무과 직원들의 삿대질도 똑똑히 담아냈다.

그 모든 고통의 순간을 담아낸 현수의 눈엔 그 후부터 아무것도 보이지 않았다. 볼 수 없었다. 주변 사물 전체가 희미함 속에 파묻혀버렸다. 오직 하나의 사물, 그 사물을 통해 뚫을 수밖에 없는 마지막 탈출구를 향한 동선만이 현수의 시야를 압도했다.

조용히 건물 안으로 다시 들어온 현수가 어수선한 농성장을 돌아 1층 화장실로 들어갔다. 그러곤 마지막 칸막이의 문을 두드렸다. 노크 소리에도 아무 반응이 없는 것을 확인한 현수가 문을 열어 변기 옆을 살폈다. 방금 전 자신이 숨겨두었던 기름통이 그대로 있는 것을 확인하고는 손에 들었다. 통을 쥔 손에 한 번 억센 악력을 가한 그는 심호흡을 길게 내쉰 뒤 곧바로 화장실 밖으로 나왔다.

1층 로비로 나온 현수에게 보이는 건 단 하나의 사물, 곧 20층으로 올라갈 수 있는 엘리베이터였다. 본사 직원이라면, 어느 날 느닷없이 해고를 통보받지 않은 직원이라면 누구나 손쉽

너머의 세상

게, 단 1분만 투자하면 도달할 수 있는 20층. 그곳으로 가는 엘리베이터만이 현수의 눈에 비친 전부였다.

현수가 엘리베이터를 향해 걸어갔다. 검색대를 넘어서자 요란한 경고음이 울렸다. 가림막이 현수를 가로막았지만 그는 개의치 않고 그것을 넘어섰다. 상황이 이쯤 되자 본사 직원들과 경호업체 직원, 경비들까지 현수를 향해 소리치며 진입을 저지하려 했다. 매섭게 삿대질을 하며 자신에게 다가오는 그들을 바라보던 현수가 그제야 기름통을 바닥에 내려놓곤 단숨에 뚜껑을 열었다. 뚜껑이 열린 통을 두 손으로 들어 올리자 안에 담겨 있던 휘발유가 출렁거렸다. 그 순간, 눈을 부라리며 다가오던 이들의 동작도 그 자리에 그대로 멈춰버렸다. 그들의 동작 정지를 확인한 현수는 한 치 망설임도 없이 통에 남은 휘발유를 자신의 머리 위로 쏟아부었다. 한 방울도 아끼지 않고 전부 다.

코끝으로 진한 휘발유 냄새가 파고들었다. 온몸에 시원한 휘발성의 느낌이 가득했다. 주위에서 웅성거림이 들려왔다. 건물 밖에 있던 이들도 현수가 휘발유를 온몸에 뿌렸다는 사실을 듣자마자 서둘러 로비 안으로 들어왔다. 그제야 현수의 시야도 돌아왔다. 사람들의 모습이 또렷하게 복원되기 시작했다. 그들 모두의 시선이 자신에게로 집중되었다. 현수는 젖은 손을 주머니에 찔러 넣더니 그 속에서 라이터를 꺼내 보였다. 라이터가 보이자 사람들이 다시 한 번 비명에 가까운 탄성을 질렀다. 라이터를 손에 쥔 현수가 엘리베이터를 향해 걸어가기 시작했다. 15층 이상으로 올라가는 중역용 엘리베이터를 향해.

현수가 걸음을 옮기자 그가 목표하는 장소를 짐작한 경호업체 직원들이 단숨에 엘리베이터를 가로막고 섰다. 혹시나 하는 마음에 비상계단도 봉쇄했다. 현수는 그들을 바라보며 힘겹게 입을 열었다. 입을 열 때마다 휘발유 냄새가 진동했다.

"비켜요."

"안 됩니다."

현수를 가로막고 선 이들 사이에 익숙한 얼굴이 눈에 들어왔다. 본사 직원 중 한 명, 조 부장으로 알고 있는 인물이었다. 그가 잔뜩 걱정스런 눈길로 현수를 살폈고, 현수는 무덤덤하게 자신을 가로막은 그에게 말했다.

"아무짓도 하지 않아요."

"최 부장, 이러지 말아요."

"뭘 말입니까?"

"우리 회사, 당신이 생각하는 것 이상으로 힘들어요."

"알아요, 알지만 전 우리 직원들에게 이유를 설명해줘야 돼요. 그렇지 않으면 안 되거든요."

"무슨 이유요?"

"그걸 몰라서 물으세요?"

"최 부장."

"정말 몰라서 묻는 거냐고요?"

조 부장이 현수의 시선을 피했다. 현수는 조 부장의 얼굴에서 그가 모르지 않다는 걸 읽을 수 있었다. 하지만 그의 침묵은 야속하기만 했다. 흥분을 가라앉힌 현수가 말을 이었다.

"그냥, 사장님을 만나고 싶어요. 아시겠지만 석 달째 사장님 얼굴 한 번도 보지 못했어요."

"……"

"조 부장님. 부탁이에요. 올라가게 해주세요."

조 부장이란 남자는 묵묵부답이었다. 침묵이 계속되었고, 현수는 움직이지 않았다. 아니, 엘리베이터 앞 누구도 쉽게 움직이지 못했다. 침 삼키는 소리조차 소거될 정도로 철저한 고요가 형성되었다.

잠시 후, 현수를 잠자코 바라보던 조 부장이 조심스럽게 휴대폰을 꺼냈다. 그러곤 말했다. 여전히 미동도 않는 현수를 바라보며.

"잠깐만 기다려요."

"……"

"사장님하고 통화해볼게요."

"고맙습니다. 조 부장님."

"……"

"정말 고맙습니다."

21

오후 5시가 다 되었을 때였다. 지수는 자신도 모르게 시간을 확인했다. 정 여사가 누워 있는 안방엔 벽시계가 없었다. 화장대 아래에 신경 써서 살펴봐야 시간 확인이 가능한 조그마한 탁상시계가 놓여 있는 게 전부였다. 지수가 시간을 확인하는 걸 짐작한 정 여사가 아주 힘겹게, 미세한 힘을 가해 자신의 손을 붙잡아주던 지수에게 손짓으로 신호를 보냈다. 그걸 본 지수가 말문을 열었다.

"왜? 어디 불편하세요?"

"이제 갈 시간 됐잖아."

"괜찮아요. 조금만 더 있다 저녁 도우미 아주머니 오시면 뵙고 갈게요."

"난 괜찮으니까 그냥 가."

"그럼, 링거 빠지는 것만 보고 갈게요."

정 여사의 눈빛을 보면 지수는 언제나 쉽게 발걸음을 떼지 못했다. 최대한 상대에게 불편을 끼치지 않으려는, 오랜 시간 몸에 밴 정 여사의 예의가 지수에겐 차라리 거추장스런 감정의 속임으로 비쳤다. 정 여사의 눈은 그녀의 말과 다르게 말하고 있었다.

가지 말라고. 조금만 더 함께 있어 달라고. 그녀의 눈은 그렇게 지수에게 호소하고 있었다.

지수는 생각했다. 차라리 가지 말라고 하는 것이 자신의 발걸음을 더 가볍게 만들어줄 거라고. 중증의 희귀병을 앓고 있는 정 여사의 몸은 시시각각 끔찍한 고통에 사로잡힐 거라는 걸 오랜 시간 간호조무사로 일해온 지수가 모를 리 없었다. 약물 투여의 빈도나 정 여사의 몸속을 파고드는 약의 몇 가지 성분만 들어도 그녀에게 투입되는 항생제의 농도가 얼마나 중증의 고통에 대응하고 있는지 짐작할 수 있었기에. 지수는 그 끔찍한 고통 속에서 정 여사가 자신의 감정을 숨기지 않고 여과 없이 표출하는 게 고통을 조금이나마 덜 수 있는 길임을 모르지 않았던 것이다.

하지만 정 여사는 그 끔찍한 고통을 오직 속으로 견뎌내며 겉으로 내색하지 않으려 애쓰고 또 애썼다. 언제 찾아올지 모르는 고통을 홀로 기다려야 한다는 게 얼마나 고역인지 잘 알고 있음에도 정 여사는 지수를 보내려 하고 있다. 지수를 붙잡는 시간만큼 밖에서 문이 잠긴 두 평 남짓한 방 안에서 하루 종일 시간을 보냈을 시아버지 최인보의 고독의 무게가 증가된다는 걸 모르지 않는 정 여사였기에. 그녀는 자신의 눈빛 속에 담긴 간절함과 다른 말을 할 수밖에 없었던 것이다.

지수가 바닥을 드러낸 수액 양을 확인하고 링거를 갈아 끼우기 위해 준비하던 때였다. 갑자기 '윙' 하는 진동 소리가 들렸다. 그 소리는 정 여사를 간병하는 안방 한구석에 내려놓은 자신의 가방에서 들려왔다. 휴대폰 진동 소리가 틀림없다고 확신한 지수가 손을 뻗어 가방을 끌어당겼다. 그러곤 가방에서 휴대폰을 꺼내 발신자 번호를 확인했다. 액정엔 '몽우 청년'이란 이름이 올라왔다.

순간 지수의 머릿속엔 극도의 불길한 예감이 형성되었다. 이 시간에 최인보를 지켜봐 달라고 부탁한 몽우 청년이 전화를 할 만한 상황이라면 예상할 수 있는 용건이 불을 보듯 훤했기 때문이다. 그렇다고 전화를 받지 않을 수도 없는 일이다.

잔뜩 긴장된 얼굴로 지수가 정 여사를 바라봤다. 정 여사 역시 지수를 바라봤다. 둘은 서로를 불안하게 지켜봤다. 둘 모두 심각한 표정이었다. 지수를 바라보는 정 여사는 그녀의 불안해하는 모습에 더한 불안감을 느꼈다.

전화를 받은 지수의 표정이 점점 더 굳어졌다. 간단히 '응, 몽우 학생', '괜찮아 말해' 몇 마디 이어나가는 데엔 말투나 태도의 변화가 없었지만 긴장한 기색이 역력했다. 무언가 잘못되었다는 느낌을 정 여사도, 지수도 함께 공유할 수 있었다.

너머의 세상

짧은 통화 뒤에 전화를 끊은 지수가 휴대폰을 바닥에 내려놓으며 정 여사와 눈을 마주했다. 정 여사가 걱정스럽게 물었다.

"왜? 무슨 일이야?"

"아버님, 아버님이……."

"집에 계신 할아버지? 할아버지가 왜?"

"아버님이 밖으로 나가셨는데, 연락이 안 되나 봐요."

"이런 큰일 났네. 그럼 어서 가봐야지."

"죄송해요. 도우미 아주머니 올 때까지 있어야 하는데."

"괜찮아, 걱정 말고 빨리 가봐."

정 여사가 있는 힘을 다해 침대 위에 나무토막처럼 놓인 자신의 손을 들어 보였다. 어서 가라는 신호를 보낸 것이다.

갑작스레 지수의 눈앞이 캄캄해졌다. 최인보의 가출은 이번이 처음은 아니었다. 문을 잠가놓지 않으면 밖으로 나갔다가 길을 잃어버리기 일쑤였고, 문을 잠갔을 때에도 이렇듯 조금만 주의하지 않으면 쉽게 집 밖으로 나가 최소한 하루, 이틀은 길거리에서 시간을 보냈다. 그렇게 집을 나간 상태에서 최인보는 기억이 온전치 못한 탓에 한 번도 제 발로 집에 돌아온 적이 없었다. 공원 벤치에서 경찰들에게 인도되어 연락이 닿은 것은 천만다행에 속하는 일이었고, 한번은 서울역 대합실에서 근처 노숙자들에게 집단 폭행을 당해 생명이 위협받는 일까지 있었기에 지수는 최인보가 집을 나갈 때마다 극도의 불안에 사로잡힐 수밖에 없었다.

마지막 링거를 갈아 끼우는 일을 중단한 지수가 허겁지겁 자리에서 일어났다. 정 여사에게 인사할 겨를도 없이 복도로 나온 지수가 엘리베이터 버튼을 눌렀다. 액정에 찍혀 있는 숫자는 지하 1층을 가리켰다.

초조함을 감출 수 없던 지수는 그대로 20층에서부터 걸어 내려가기로 작심했다. 계단으로 내려가면서 지수가 다시 가방 속에 손을 넣었다. 인근 파출소에 먼저 실종 신고라도 해놓기 위해서 그녀는 휴대폰을 찾았다. 그런데, 그 순간 지수가 걸음을 멈췄다. 17층 계단에서 멈춰 선 지수가 가방을 한 번 뒤졌다. 하지만 휴대폰은 보이지 않았다. 가방 앞주머니, 바지 주머니에도 없었다. 그제야 지수는 휴대폰을 정 여사의 방, 그녀가 누워 있는 침대 바로 옆에 놓아두고 나왔다는 사실을 깨달았다.

잠시 망설였다. 한시가 급한데 이대로 내려갈까 하는 생각도 해보았다. 하지만 휴대폰이 없으면, 그래서 일단 실종 신고부터 해놓지 않으면…… 그리고 또 하나, 최인보에게도 휴대폰이 있으니 전화를 걸면 그가 받을지도 모르기 때문에 지수는 다시금 20층으로 올라가야 했다.

벨을 누르지 않고 전자키 비밀번호부터 먼저 눌렀다. 초인종을 누른다 해서 정 여사가 문을 열어줄 수도 없는 상황이며, 그

짧은 시간에 지수와 교대하는 도우미가 와 있을 거란 기대는 할 수 없었기 때문이다.

다급한 손놀림으로 비밀번호를 눌러 현관문을 열고 안으로 들어온 지수가 서둘러 안방, 정 여사가 누워 있는 그곳으로 다가갈 때였다. 걸음을 옮기면 옮길수록 사선으로 비치는, 문 틈 너머 바닥의 빛깔이 붉은빛으로 물들어 있다는 사실이 선명해졌다. 순간 불길한 예감이 지수의 온몸을 크게 전율케 했다. 붉은빛으로 물들어버린 바닥, 수많은 핏방울로 구성된 점들이 바닥 전체에 번져 올랐다.

방 안으로 들어서자마자 지수는 그만 비명을 지르고 말았다. 주사 바늘이 뽑혀 있었고, 정 여사의 몸은 고통스럽게 경련했다. 무엇보다 충격적인 건 천장을 바라보고 누워 있는 그녀의 입 밖으로 검붉은 핏물이 거침없이 쏟아지는 모습이었다.

비명은 잦아들었지만, 지수는 절로 배어 나오는 탄성을 억제하지 못하고서 정 여사에게 달려들었다. 그녀는 다급히 정 여사의 상체를 일으키곤 거즈로 입을 막았지만 소용없었다. 한번 시작된 정 여사의 각혈은 좀처럼 멈출 기미를 보이지 않았다. 희귀병에 대한, 규명이 불분명한 증세로만 알려진 엄청난 양의 각혈은 매우 드문 증상 중의 하나였다. 지수가 간병인으로 일한 지 1년 가까이 되었지만 이런 형태의 각혈이 멈추지 않을 거라는 건 단지 주의사항으로만 들어왔지 한 번도 경험해보진 못한 위급 상황이었다. 정 여사는 지수를 보며 뭔가 말을 하려 했지만 한마디도 제대로 건넬 수 없었다. 지수는 그런 정 여사를 보며, 거즈로 입을 틀어막는 일 외엔 다른 어떤 조치도 취할 수 없었다. 지금 지수가 간병인으로서 할 수 있는 응급 처방이라곤 서둘러 정 여사를 병원 응급실로 데리고 가는 일뿐이었다. 각혈이 멈추지 않게 되면 피가 응고될 것이고, 그 상태가 지속되면 근육 경련의 정도가 심화되어 심장마비로까지 이어질 수 있다는 사실을 전해 들었기 때문이다.

사지를 비틀며 괴로워하는 정 여사를 보며, 그녀의 입에서 쏟아져 나와 사방으로 튀어 오르는 핏방울들을 지켜보며 지수는 떨리는 손으로 휴대폰을 손에 집었다. 그러곤 119를 눌러 이곳, 타워팰리스의 주소를 말하곤 정 여사의 현재 상태를 다급한 목소리로 설명했다.

통화를 마친 지수는 어떻게든 각혈을 멈춰보고자 정 여사의 고개를 뒤로 젖혔다. 하지만 각혈은 좀처럼 멈추지 않았다. 피가 정 여사의 홈웨어와 침대 시트를 더없이 붉은빛으로 물들일 때였다. 지수는 정 여사의 떨리는 손을 붙잡으며, 다시 휴대폰을 집었다. 그러곤 최인보에게 전화를 걸었다. 혹시라도 최인보가 휴대폰을 갖고 있다면, 그래서 연락이 된다면 어떻게든 최인보의 행방을 찾을 수 있을 거란 희망에서였다.

22

버스 안, 최인보가 노약자석에 앉아 있었다. 대여섯 명 정도 가 서 있는, 크게 붐비지도 아예 한가하지도 않은 푸른색 지선 버스 안에 있는 승객들의 시선이 한 번씩은 최인보에게 향했다. 최인보의 호주머니에서 휴대폰 벨소리가 멈추지 않고 계속되었 기 때문이다.

한참 동안 넋을 놓고 창밖, 동호대교의 풍경을 지켜보던 최인 보는 열 번 정도 벨소리가 반복된 후에야 소리에 관심을 갖고 주머니에 손을 넣을 수 있었다. 하지만 주머니에서 휴대폰을 꺼 낸 후에도 쉽게 벨소리를 중단시키지 못했다. 오래된 구형 폴더 식 휴대폰을 어떻게 열 수 있는지, 그 방법을 찾기 힘들어했다.

누군가의 도움을 얻기 위해서였을까. 최인보가 자리에서 일 어섰다. 하지만 그 순간, 엉거주춤하며 크게 몸이 휘청거리더니 이내, 급정거와 급출발을 반복하는 버스의 흔들림 탓에 그대로 좌석이 아닌 바닥에 주저앉고 말았다. 주저앉음과 동시에 최인 보의 손에서 휴대폰이 떨어져나갔다.

평소에도 만성 정체에 시달리는 동호대교는 중앙 차선조차 없는 탓에 대중교통인 버스 역시 교통 체증에 동참해야 했다. 더구나 연신 불만을 쏟아내는 운전수의 말처럼 느닷없이 차선 하나를 가로막고 진행되는 도로 정비 공사 탓에 평소보다도 체증은 훨씬 더 심했고, 그만큼 차량의 뒤엉킴 또한 더할 수밖에 없었다. 끼어들기를 반복하는 차들 탓인지 최인보를 태운 버스는 급정거와 급출발을 반복해야 했고, 그 탓에 자리에 주저앉은 최인보는 제대로 일어나지 못하고 바닥에 머리를 박은 채로 엎드려 있어야 했고, 그의 손을 벗어난 휴대폰은 뒷문 계단으로까지 구르고 말았다.

벨소리는 멈추지 않았다. 최인보는 고개를 들어 승객들을 바라봤다. 서 있는 이, 좌석에 앉아 있는 이, 모두들 최인보를 흘낏 흘겨보기만 할 뿐 별다른 도움을 주진 않았다. 최인보의 정신 상태가 온전치 못한 것을 짐작한 후엔 더욱 냉랭하게 그를 대했다. 그들 모두 하나같이 최인보와의 눈 마주침을 피했다. 창가로 눈을 돌리거나 스마트폰을 손에 쥐고 액정에서 눈을 떼지 않는 이들이 대부분이었다.

균형을 잡지 못한 최인보는 쉽게 자리에서 일어나지 못하고 좌석 팔걸이를 붙잡고 몸을 일으키려 하다가 아예 두 손과 발을 바닥에 대고 벨소리가 울리는 곳을 향해 이동했다. 한 걸음 한 걸음 걸어갈 때마다 최인보의 몸은 버스의 불친절한 움직임에 따라서 요동쳤고, 그렇게 마침내 뒷문 계단 밑으로 손을 뻗

너머의 세상

어 휴대폰을 손에 쥐었을 때, 때맞춰 더 이상 벨소리는 들려오지 않았다.

다시 휴대폰을 손에 쥔 최인보가 팔걸이에 몸을 기댄 채 힘겹게 일어섰다. 일어서서 다시 한 번 버스 안 사람들을 둘러봤다. 최인보는 자신의 휴대폰을 내밀며 사람들에게 도움을 청했다. 누군가 자신을 대신해 통화해주길 원했다. 비록 말로 표현하진 못했지만 최인보의 뻗은 손은 그렇게 말하고 있었다.

그렇지만 누구도 최인보의 손이 내민 휴대폰을 건네받지 않았다. 아무도 방금 전 이 치매 노인에게 그토록 절박하게 전화한 이가 누군지, 어떤 사연인지 알고 싶어 하지 않았다. 단지 한시바삐 이 살인적인 정체 구간을 벗어나 자신들만의 목적지로 가고 싶은 마음뿐이었다.

23

자지러지는 비명 소리. 미연으로부터 수화기를 강제로 빼앗은 석구가 그녀의 머리채를 붙잡았다. 그러곤 사정 봐주지 않고 그녀를 거실 소파에 내동댕이쳤다. 비명을 지르며 소파에 쓰러진 미연이 몸을 돌리자 석구가 그녀의 몸 위에 올라탔다. 올라타곤 미연의 짧은 청반바지 지퍼를 끌어내렸다. 미연이 다시 한 번 비명을 지르자 석구가 거친 욕설을 쏟아부으며 그녀의 뺨을 힘껏 후려쳤다.

"씨발년아! 조용히 안 해!"

두 차례 뺨을 얻어맞은 미연이 입을 다물었다. 그녀의 볼이 붉게 달아올랐으며, 코밑으로 핏물이 고여 들었다.

조용해진 미연의 반바지 지퍼를 내리려던 석구가 뜻대로 되지 않자 아예 허리춤을 붙잡고 바지를 끌어내렸다. 단숨에 미연의 바지가 그녀의 무릎 아래까지 끌려 내려갔다. 미연이 다시 소리를 지르며 저항했다. 필사적으로 몸을 비틀어 자신 위에 올라탄 석구를 밀쳐냈다. 갑작스런 미연의 완력에 석구가 뒤로 밀려나 주저앉았다. 순간, 바지를 잡아 올린 미연이 소파에서 일어나 창가로 걸어갔다. 하지만 석구는 곧바로 다시 일어서서 미연을 향해 다가갔다. 구석 자리에 몰린 미연이 울먹였다. 석구는 여자의 울음 따위에 마음이 흔들리는 인종이 아님을 과시라도 하려는 듯 작심하고 잭나이프를 꺼내 보였다. 그러곤 소리 지르거나 반항하면 아예 얼굴을 그어버리겠다고 위협했다.

미연이 다시 입을 다물었다. 석구는 미연에게 다가가 머리채를 붙잡았다. 그리고 이번엔 카펫 바닥에 그녀를 내동댕이쳤다. 그녀가 울먹였다. 석구는 엎드린 채로 슬금슬금 움직이는 미연의 허벅지와 아랫배를 발로 걷어찼다. 그러곤 다시 몸을 숙여 이번엔 미연의 윗옷을 붙잡아 벗기려 했다. 미연이 저항하자 머리며 얼굴, 가리지 않고 구타했다. 미연의 저항은 순식간에 잦아들었다. 석구가 만족스러워하며 휘파람을 불었다. 여전히 잭나이프를 쥐고 있는 녀석의 손은 덜덜 떨리고 있었다. 하지만 석구는 애써 자신은 이깟 일쯤 우습게 처리할 수 있다는 걸 과시하고자 더 힘껏 휘파람을 불었다.

저항이 가라앉은 미연의 윗옷을 다시 벗겨 올린 석구가 내친김에 그녀의 브래지어까지 벗겨내려 할 때였다. 미연의 울음소리가 나지막하게 집 안 전체에 울려 퍼졌다. 울음소리를 듣다 못한 우빈이 석구의 오른 손목을 붙잡았다. 갑작스럽게 우빈이 손목을 붙잡는 통에 석구의 손에 쥐어져 있던 잭나이프가 카펫 바닥에 떨어졌다. 석구가 당황한 눈으로 자신의 손목을 붙잡은 상대를 확인했다. 그가 우빈이란 것을 확인하자 어이가 없다는 표정으로 말했다.

"뭐하는 거야? 새끼야. 이거 안 놔?"

"너야말로 지금 뭐하는 거야."

"뭐하긴, 씨발. 버릇 고쳐주고 있잖아."

"이 누나가 지호야? 아니잖아."

"다 같이 쓰레기 같은 연놈들이야. 지호가 없으니 이년한테라도 분풀이를 해줘야지 이것들이 정신을 차릴 거라고. 그럼 우리가 '지호 집에 없네요. 예, 알겠습니다. 안녕히 계세요' 하고 순순히 물러나야 되겠어?"

"그래도 이건 아니야. 그냥 나가자."

"뭐야?"

"그냥 나가자고!"

"이 새끼가 보자 보자 하니까."

석구의 얼굴이 붉어졌다. 우빈이 한 걸음 물러섰다. 우빈이 물러설 때, 석구가 몸을 일으켰다. 몸을 일으킬 때, 카펫 바닥에 떨어진 잭나이프를 손에 쥐었다. 미연이 소파 뒤로 몸을 숨겼다. 우빈의 시선은 소파 뒤로 몸을 숨기는 미연과, 그런 미연과 함께 푸른 눈동자를 깜빡이는 소파 바닥의 한 마리 강아지를 향했다. 석구가 우빈을 노려보며 말했다.

"씨발, 넌 잠자코 가만히 있기나 해. 얌전히 감상이나 하라고.

너 같은 새끼한테까지 기회 안 갈 거니까."

우빈을 협박한 석구가 이번엔 현관 앞에 서서 이러지도 저러지도 못하고 있는 형우와 가람에게 명령하듯 소리쳤다.

"뭐하고 있어! 빨리 가서 저 쌍년 붙잡고 있어. 씨발년, 오늘 재수 옴 붙은 줄 알아. 아예 걸레로 만들어놓겠어."

망설이던 형우와 가람이 슬금슬금 몸을 움직여 소파 뒤로 숨은 미연의 팔을 붙잡아 일으켰다. 미연은 이제 비명조차 지르지 못하고 눈물만 흘릴 뿐이었다. 우빈으로부터 등을 돌린 석구가 잔인한 미소를 흘리며 미연에게 다가갔다. 그러곤 잭나이프를 미연의 얼굴에 들이대며 말했다.

"싸가지 없는 니 사촌 동생을 원망해. 그 새끼가 우리한테 어떻게 했는지 똑똑히 들어두라고. 그럼 오늘 이렇게 당하는 게 덜 억울할 거야."

"그만두란 말이야!"

석구가 미연의 왼쪽 볼을 칼로 그어버리려 할 찰나였다. 잭나이프를 들어 올린 석구에게 달려든 우빈이 석구의 손목을 붙잡고는 그대로 녀석의 발을 걸어 다시 바닥에 내동댕이쳤다. 형우와 가람이 이 모습을 깜짝 놀란 눈으로 지켜봤으며, 미연 또한 자신도 모르게 비명을 지르고 말았다.

우빈이 물러섰다. 고개를 바닥에 처박은 석구가 괴성을 섞어 욕설을 내지른 뒤 자리에서 일어섰다. 그런 석구의 표적은 이번엔 미연이 아니라 우빈이었다.

"이런 미친 새끼! 너부터 손봐주지."

"그만둬! 우리 진짜 이러다가 큰일 나."

"큰일은 이미 터졌어. 씨발. 지금 와서 쫄기나 하고. 이참에 네 상판부터 그어주겠어."

미연이 보는 앞에서 두 번이나 수치를 당한 자신의 처지에 대해 보상이라도 받으려는 듯 석구는 다짜고짜 우빈을 향해 칼을 휘둘러댔다. 우빈이 석구의 칼질을 피해 뒤로 물러났을 때였다. 몸의 중심을 잃은 석구의 상체가 그대로 우빈 쪽으로 기울어졌고, 그때 우빈이 석구의 몸을 붙잡았다. 그러고는 칼을 쥐고 있는 손목을 붙잡아 팔을 끌어내렸다. 석구는 필사적으로 저항했다. 잭나이프를 손에서 떼어내려는 우빈의 완력에서 벗어나기 위해 석구는 온몸으로 발버둥 치며 몸을 비틀었다.

그렇게 실랑이가 거듭되는 동안 우빈의 눈에 비친 석구의 얼굴에서 어느 순간부터 고요함이 밀려들었다. 포악스럽기 이를 데 없는 석구의 눈빛에서 점차 초점이 사라져가기 시작한 것이다.

무슨 일이 있었던 걸까. 문득 우빈은 그제야 자신의 손이 붙잡고 있는 석구의 손목에서 힘이 현저히 빠져나갔다는 걸 실감했다. 밑으로 내려다보니 석구의 아랫배에서 핏물이 고여 녀석의 흰색 반팔 셔츠를 물들이는 모습이 선명했다. 동시에 우빈은 자신의 손, 손의 위치를 두 눈으로 직접 확인하는 순간 깜짝

너머의 세상

놀라며 비명을 질렀다. 자신을 향해 칼을 휘두르려고 덤벼든 석구를 막기 위해 그의 손목을 붙잡았던 것인데, 결국 제지하고자 하는 열의가 석구의 손에 쥔 잭나이프를 그대로 녀석의 아랫배 깊이 찔러 넣고 만 것이다.

석구는 오히려 더없이 평온한 상태로 돌입된 듯 보였다. 무언가를 말하고 싶은 듯했지만, 어느새 입안 가득 고인 핏물 탓에 제대로 말을 잇진 못했다.

우빈이 석구로부터 한 걸음 물러섰을 때였다. 아랫배, 그중에서도 급소를 찔린 석구가 그대로 그 자리에 무릎을 꿇고 주저앉았다. 이내 석구의 몸을 타고 흘러내리는 핏물로 카펫 바닥이 젖기 시작했다. 그 모습을 지켜본 미연이 제일 처음 비명을 질렀다. 가람과 형우는 미연으로부터 물러나더니 주춤주춤 현관문을 향해 걸음을 옮겼다. 그러더니 곧 현관문을 열고 도망치듯 밖으로 나가버렸다. 저 멀리서 우빈의 귀에 둘의 계단 밟는 소리가 요란하게 들려왔다.

석구는 끝내 아무 말도 하지 못하고 그 자리에 스르륵 머리를 박고 쓰러져버렸다. 석구는 더 이상 숨을 쉬지 않았다. 하지만 녀석의 두 눈은 결코 감기지 않았다. 우빈은 죽어가는 석구와 이 모습을 고스란히 지켜본 미연을 번갈아 바라봤다. 우빈은 누군가에게 이 상황에 대해 묻고 싶었다. 도대체 이게 무슨 일이냐고. 나한테 지금 무슨 일이 벌어진 거냐고.

24

아무것도 보이지 않는 칠흑 같은 어둠 속에서 세영이 할 수 있는 일은 구석 자리에 주저앉아 몸을 웅크리는 일뿐이었다.

얼마나 지났을까. 세영에겐 이미 천형의 심연 속에 빠져버린 것 같은 악몽의 시간이 계속되고 있었다. 김 팀장이 냉동 창고 밖으로 나가 문을 잠가버린 게 방금 전인 것도 같고, 반대로 하루, 이틀, 아니 일주일이란 시간이 훌쩍 지나버린 것도 같았다.

두려웠다. 세영은 두 눈을 더욱 크게 뜨고 주위를 둘러봤지만 아무것도 보이지 않았다. 들리는 소리라곤 자신의 입에서 새어 나오는 숨소리와 냉동 기기에서 흘러나오는 바람에 생선 박스의 비닐 덮개 흔들리는 소리가 전부였다.

한 치 앞을 바라볼 수 없는 막막함이 세영의 온몸에 한기를 더했다. 적정 온도가 십 도 이하로 유지되는 냉동 창고 안은 시간이 흐를수록 그 냉기를 더했다. 단체복 상의 옷깃을 붙잡고서 있는 힘껏 몸을 웅크려도 몸 곳곳으로 야속하게 파고드는 찬바람에 세영의 몸은 자신도 모르게 덜덜 떨리기 시작했다. 몸의 떨림에 비례하여 그녀의 숨소리조차 거칠어졌다.

참다 못한 세영이 다시 바지 주머니에서 휴대폰을 꺼냈다. 액정을 열어보면 여전히 '서비스 가능 지역이 아님'이란 표시가 떠 있었다. 세영은 한 번 길게 숨을 내쉰 뒤, 휴대폰의 전원을 껐다가 다시 켜는 행동을 반복했다. 한 번, 두 번. 전원이 꺼지고 켜질 때마다 휴대폰에서 짧지만 분명한 진동이 울렸다.

그렇게 세 번째, 액정에 불이 들어왔을 때였다. 희미하게나마 통화품질 가능대역에서 통신 가능 표시가 들어오고 있었다. 세영은 자신의 몸을 최대한 창고 입구 쪽으로 옮겼다. 아주 희미한, 칼날같이 가느다란 빛줄기 하나가 잠긴 문틈을 타고 새어나왔다. 세영은 조금이라도 열린 공간을 찾아 그곳에 휴대폰을 갖다 대고 단축번호를 눌렀다. 1번. 세영에게 그는 언제나 1번이었다. 끝없이 원망스럽지만, 그래서 보기만 하면 '나쁜 아빠보다 무능한 아빠가 더 싫다'고 하소연하며 소리 지르고만 싶었지만 그래도 여전히 세영의 휴대폰 1번은 그, 아버지였다.

신호가 울렸고, 오래되지 않아 전화가 연결되었다. 세영은 다급한 목소리로 아버지를 찾았다.

"아빠. 아빠?"

"세영이? 세영이야?"

"아빠, 어디야? 지금 여기로 올 수 없어?"

"응?"

"나 여기 마트 지하야. 그런데 나 갇혔어."

"뭐라고? 세영아, 안 들려. 세영아."

현수의 말소리를 제대로 들을 수 없는 건 세영 역시 마찬가지였다. 통화 연결 때부터 그랬다. 혼선이 계속되었고, 통화 품질마저 분초마다 잘려나가는 필름처럼 불연속이었다. 세영은 그럴수록 더 큰 목소리로 소리치듯 말했다.

"나 갇혔다고! 아빠, 나 여기 일하는 곳이야. 마트 지하야!"

"세영아, 끊고 다시 전화해. 무슨 말인지 안 들려."

"아빠! 나 갇혔어…… 아빠, 나 무서워. 무섭단 말이야. 아무 것도 보이지 않아. 여긴 너무 추워. 온몸이 얼음처럼 굳어버릴 것 같아. 아빠, 무서워."

세영의 눈에서 참았던 눈물방울이 쏟아졌다. 세영은 그만 또 박또박 분명하게 말하고자 하는 의지를 잃어버린 채 휴대폰을 두 손으로 붙잡고 울기 시작했다. 서러움과 무서움이 한꺼번에 밀려왔다.

현수는 딸의 다른 소리를 들을 수 없었다. 딸이 지금 어떤 상황인지 제대로 전달받지 못했다. 하지만 그는 한 가지만큼은 똑똑히 알 수 있었다. 세영이 지금 울고 있다는 것. 슬퍼한다는 것. 다급해진 현수가 빠르게 말을 이었다.

"세영아, 아빠가 갈게. 조금만 기다려. 아빠 조금만 이따 갈게. 조금만 이따가."

"빨리 와야 해, 빨리."

너머의 세상

더 이상의 통화는 불가능했다. 어느새 세영의 휴대폰에선 아무 소리도 들리지 않았다. 통화는 그렇게 종료되었다. 세영은 더 깊이 머리를 파묻고 웅크렸다. 웅크리고서 그동안 참아왔던 눈물을 쏟아냈다.

25

석구는 움직이지 않았다. 작은 움직임조차 없었다. 눈동자는 여전히 열려 있었다. 언제나처럼 장난스럽게 욕을 하며 친구와 어깨동무를 할 때의 그 눈동자였다. 그러나 지금 석구는 아무런 움직임도 없다. 석구의 몸은 이곳, 타워팰리스 20층 내부의 탁자, 러닝머신, 장식장과 다를 바 없었다.

석구의 아랫배를 타고 검붉은 핏물이 멈추지 않고 흘러내렸다. 카펫 전체에 배어든 것도 모자라 핏물은 거실 바닥까지 번져나갔다. 우빈은 여전히 잭나이프를 손에 쥐고 있었다. 손이 떨렸다. 너무 심하게 떨리는 통에 결국 그의 손에서 잭나이프가 떨어졌다. 미연은 그 모습을 소파 앞에 웅크리고 앉은 채로 지켜봤다.

우빈이 미연을 바라봤다. 사실 우빈은 미연을 처음 본 것이 아니다. 지호와 함께 어울리던 고등학교 1학년, 지호의 집에서 함께 공부할 때, 그때 이따금 사촌 누나인 미연이 찾아오곤 했다. 미연은 미국 대학에서 영문학을 전공하고 있다고 했다. 방학이나 계절 학기 때마다 한국으로 돌아왔을 때, 미연은 누구보다 각별한 사촌 사이인 지호의 영어 공부를 봐주곤 했기에 자연스럽게 우빈과도 마주한 적이 있었다. 그때의 그 편안하고 아늑한 느낌은 이제 없다. 미연과 우빈, 둘 모두 꼼짝하지 않는 죽은 자가 되어버린 석구 앞에서 한동안 말을 잃었다. 어떻게, 무엇을 해야 할지 우빈의 눈앞은 캄캄하기만 했다. 우빈도, 미연도 지금까지 살아오면서 한 번도 죽은 사람을 곁에 두어본 적이 없었다. 그것도 방금 전까지만 해도 함께 숨을 쉬고 말을 섞던 사람이 죽어 있다.

잠시 후 우빈의 몸이 움찔하고 한차례 경련했다. 소리가 들렸다. 5시 정각을 알리는 시계 알람 소리가 주방 자동화 기기에서 들려왔다. 소리와 함께 미연이 몸을 일으켰다. 소파 밑에 내내 숨어 있던, 검은 털로 휘덮인 강아지 한 마리가 조심스럽게 정체를 드러냈다.

"빨리 가."

"……?"

"119에 신고할 거야. 그러니 빨리 가."

"내가 가면 누나는요?"

"강도가 들어왔다고 할게. 저항하다가 내가 찌른 걸로 할 테니까 어서 가."

"누나."

미연이 우빈에게 더 가까이 다가왔다. 그러더니 몸을 숙여 우빈의 발치에 떨어져 있는 잭나이프를 집어 들었다. 잭나이프

손잡이를 윗옷으로 한 번 감싸 닦아낸 다음 엎드려 있는 석구의 옆에 내려놓았다. 우빈은 믿을 수 없다는 표정을 하고서 미연을 바라봤다.

미연이 다시 우빈을 바라보며, 이번엔 거실 테이블 위에 놓여 있는 물티슈를 가져왔다. 통에서 티슈를 여러 장 뽑기 시작했는데, 미연의 손 또한 긴장했는지 심하게 떨리고 있었다. 하지만 미연은 침착했다. 물티슈로 우빈의 손을 닦아주기 시작했다. 석구의 아랫배에서 쏟아져 나온 핏물들로 가득한 그의 손을. 미연이 우빈의 손을 내려다보며 말했다. 비교적 차분히 가라앉은 음성이었다.

"모자 더 깊이 눌러쓰고, 엘리베이터 말고 계단으로 내려가."

"누난 어떻게 하려고요?"

"도망간 친구들한테도 잘 말해둬."

"누나 안 돼. 이건 아니야."

우빈의 입이 심하게 떨리기 시작했다. 뭔가 더 미연에게 말을 건네고 싶었는데, 생각처럼 말이 나오지 않았다. 그런 우빈을 바라보던 미연, 실랑이 중에 떨어뜨린 우빈의 모자를 손에 들고는 직접 우빈의 머리에 씌워줬다. 그녀 말대로 이마와 눈을 가릴 정도로 깊이. 미연이 말했다.

"시키는 대로 해."

"……"

"날 구해줬잖아."

"미안해요. 미안해, 누나."

우빈의 눈시울이 붉어졌다. 미연의 엷은 미소를 보는 순간 더한 죄책감과 그에 비례한 두려움이 한순간에 밀려들었다. 미연은 우빈을 안심시키기 위해 힘겹게 미소를 지어 보였다. 미소와 함께 우빈의 어깨를 붙잡은 채로 말해주었다.

"넌 착한 애야. 그렇지?"

"미안해요. 아…… 미안해."

"넌 착해. 그거 알아, 안다고."

"미안해요. 정말이에요. 미안해, 미안하다고."

"그러니 돌아가. 조금 있으면 도우미 아줌마 올 시간이야."

"누나."

"어서 가."

어서 가라는 말과 함께 미연이 우빈에게서 물러섰다. 미연은 그대로 다시 소파에 웅크리고 앉았다. 우빈은 내내 미연을 쳐다봤다. 소파에 웅크리고 앉은 미연이 우빈을 올려다봤다. 그러곤 눈짓으로 빨리 나가라는 신호를 보냈다. 그때, 우빈의 몸이 본능처럼 반응했다. 뒤로 한 걸음, 또 뒤로 한 걸음, 우빈이 뒷걸음질을 쳤다. 그러다 등이 현관 벽에 닿았을 때, 그때 우빈이 빠르게 행동했다. 신발을 구겨 신고 현관 자동문을 열고 마치 용수철이 튀어 오르듯 현관 밖 계단으로 단숨에 뛰었다.

26

지수가 다시 한 번 119에 전화를 걸었다. 전화 연결은 바로 되었지만, 수신자는 구급대원이 이미 출동했으며 늦어도 5분 안엔 도착할 거란 말만 앵무새처럼 반복했다. 하지만 정 여사의 입에서 사정없이 쏟아져 나오는 핏물을 손으로 받아내야 하는 지수에겐 1분이 1년 같았다.

지수가 주위를 두리번거렸다. 정 여사의 입가를 닦을 만한 휴지를 찾았지만 바로 옆에 놓여 있는, 이제는 다 쓰고 없는 티슈 박스 외에는 보이지 않았다. 정 여사의 입을 막은 내내 지수는 자신도 모르게 불안한 생각이 들었다. 불안은 두 가지 우려의 쌓임으로 중첩되었다. 한 번 집 밖을 나서면 길을 잃어버리고 어디론가 알 수 없는 표류를 멈추지 않는 시아버지 최인보에 대한 걱정과, 말로만 듣던 정 여사의 최악의 상황을 실제로 마주한 공포. 이 두 가지 감정이 지수를 불안하게 했고, 어떻게든 행동하지 않을 수 없도록 만들었다.

지수는 뭐든 해야 했다. 하지 않고선 견딜 수가 없었다. 다급해진 지수가 정 여사의 두 팔 사이에 손을 넣어 그녀의 상반신을 일으켰다. 그러곤 정 여사를 방문턱이 없는 안방에서 거실로 끌고 나왔다. 이미 정 여사의 옷은 그녀가 흘린 피로 검붉게 물들어버린 뒤였다. 그녀가 흘린 피가 안방 침대 위에서부터 거실 바닥까지 한 방울도 남김없이 그녀의 몸을 따라 바닥을 적셨다.

지수가 만일의 상황을 대비해 준비해놓은 휠체어를 가져왔다. 정 여사는 지수가 잠시 놓아둔 그대로 천장을 향해 얼굴을 보이며 누워 있었다. 그녀는 두 눈을 뜬 채 가쁜 숨을 내쉬며 멈추지 않는 각혈에 괴로워했다.

휠체어를 고정시켜놓은 지수가 다시 정 여사를 일으켜 세웠다. 방금 전보다 족히 세 배 이상의 힘을 가하지 않으면 안 되는 상황이었다. 정 여사의 굳은 몸을 휠체어에 앉히기 위해 지수는 자신도 모르게 탄성을 내질렀다. 그녀는 안타까워하며 내내 미안하다는 말을 반복했다. 지수의 손에 자신의 몸 전체를 내맡겨야 하는 정 여사도 무언가 말을 하려 했다. 입을 계속 벌리고선 말을 하려 했지만, 휠체어에 앉은 다음에도 한마디라도 하고 싶었지만, 그랬지만 그녀는 끝내 말하지 못했다. 입을 열고 두 눈을 부릅뜨고서 그렇게 살아 있었지만 그녀는 빠른 속도로 죽어가고 있었다.

정 여사를 휠체어에 앉힌 지수가 그녀의 자꾸만 숙여지는 고개를 두세 번 반복해 들어 올렸다. 하지만 지수가 정 여사를 바로 앉히려 하면 할수록 그녀는 힘들어했고 마치 바람 빠진

풍선처럼 몸의 힘이 계속해서 빠져나갔다.

지수는 휴대폰이 자신의 바지 주머니에 있는 것을 한 번 확인하곤 현관 자동문을 열고 밖으로 나왔다. 그러곤 서둘러 엘리베이터 버튼을 눌렀다. 그때가 돼서야 정 여사가 가까스로 말문을 열었다.

"괜찮아, 지수 씨. 나 괜찮아."

"말씀 많이 하지 마세요."

지수는 말보다 행동으로 정 여사를 배려했다. 지수는 정 여사의 어깨를 붙잡고 턱을 손으로 붙잡아 그녀의 고개가 숙여지는 것을 막고자 최선을 다했다. 고개를 최대한 뒤로 젖히자 차츰 입과 코를 통해 흘러나오던 피 흘림도 잦아들기 시작했다.

"이대로 잠시만 있으세요. 곧 구급차가 도착할 거예요."

"지수 씨, 이제 가. 가봐야지."

"말씀하지 마세요."

"지수 씨……."

"제발."

엘리베이터 문이 열렸다. 지수는 무례하지 않게 자신에게 집을 나간 시아버지 찾으러 갈 것을 종용하는 정 여사의 입을 가로막았다. 정말이지 지금보다 조금만 더 피를 흘리면 그녀는 그대로 의식을 잃고 영원히 눈을 감아버릴 것만 같았다. 엘리베이터 안으로 들어온 지수는 다급하게 1층 버튼을 눌렀다.

27

뜻하지 않게 통화 종료가 이뤄진 그때였다. 휘발유에 잔뜩 젖은 손으로 휴대폰을 집고 있던 통에 딸에게서 전화를 받은 상황의 다급함 때문에선지, 아님 석 달째 농성에도 대답 없는 철옹성을 비호하고 있는 본관 1층 엘리베이터 앞, 그 살벌함 때문이지 현수는 그만 손에서 휴대폰을 놓치고 말았다. 휘발유에 젖어 있던 휴대폰은 그대로 현수의 손에서 빠져나가 본관 대리석 바닥에 내던져졌다.

세영과의 통화를 제대로 마무리하지 못한 상태다. 세영이 한 말은 생선 토막처럼 끊겨 들렸고, 그래서 무슨 상황인지 구체적으로 알아들을 수 없었다. 하지만 분명한 건 세영이 너무나 다급해했다는 사실이었다. 철이 들 만한 나이가 되면서부터 자신의 딸 세영은 한 번도 자신에게 절박한 목소리로 도움을 청하거나 소리치지 않았다. 오랜 불화로 인해 세영의 친엄마와 이혼할 수밖에 없었을 때에도, 몇 년 후 치매를 앓는 아버지 최인보를 간병하던 간호조무사 지수와 어렵게 두 번째 사랑을 시작할 때에도 세영은 아버지의 선택에 긍정도, 부정도 하지 않았다. 그러던 딸이 비명이 뒤섞인 간절한 목소리로 자신에게 도움을 요청했다. 그런데 무슨 일인지, 대체 어떤 상황인지 그 어느 것도 확실하지 않은 상황에서 통화가 끊어지고 말았다. 지금 현수의 눈앞에 들어온 휴대폰은 배터리가 분리된 채로 바닥에 방치된 상태였다.

다급한 나머지 현수가 라이터를 다시 바지 주머니에 넣고선 몸을 숙였다. 손을 뻗어 바닥에 떨어진 휴대폰을 집으려 했다. 바로 그때, 청원경찰 둘이 현수를 향해 달려들었다. 요란한 소리와 함께 현수의 어깨 위로 그들의 강한 완력이 덮쳐들었다. 현수는 두 손에 휴대폰과 배터리를 움켜쥐었지만 대신 자리에 주저앉은 채 꼼짝할 수가 없었다. 청원경찰과 경호업체 직원들이 현수의 몸을 붙잡았기 때문이다.

때맞춰 로비 안으로 전경 차림의 무리들이 달려오는 게 보였다. 그들 중 일부는 로비를 가로막고 선 농성원과 엉겨 붙었고, 또 다른 일부는 장갑을 착용한 한 손엔 방패, 다른 한 손엔 곤봉을 들고 바닥에 앉아 늘 외쳐오던 구호를 반복하는 농성원들을 향해 곤봉을 휘두르기 시작했다.

본사 직원 중 조 부장 일행이 현수에게 달려들어 그의 주머니 안에 손을 넣으려 했다. '라이터 뺏어!' '이 미친 새끼' 등등의 거친 욕설과 다급한 명령들이 산발적으로 현수의 귓가에 파고들었다.

너머의 세상

하지만 그것도 잠시였다. 갑자기 현수의 머리 위로 한 남자가 공중으로 날아가는 장면이 눈에 들어왔다. 자신의 몸을 붙잡던 업체 직원들도 몸의 중심을 잃고 주저앉거나 엘리베이터 반대편으로 미끄러져 뒹굴기 시작했다. 조 부장 역시 예외일 수 없었다. 그는 현수가 보는 앞에서 내내 바닥에 두 손과 두 발을 딛고 있다가 그대로 몸 전체가 공중으로 들려 올라가는 이해할 수 없는 이동 궤적을 보여주었다.

동시에 들려오는 소리. 상상을 초월한 엄청난 굉음. 현수는 자신도 모르게 두 귀를 틀어막았다. 두 귀를 막음과 동시에 두 발을 딛고 몸을 일으키려는 순간 여지없이 바닥으로 곤두박질치고 말았다. 그때 현수의 머리가 대리석 바닥에 크게 부딪혔다. 평평하기만 한, 조금의 경사조차 상상할 수 없었던 1층 로비 바닥이 껍질이 깨지듯 사방 금이 생기기 시작했다. 현수의 몸은 업체 직원과는 반대인 엘리베이터 방향으로 미끄러지기 시작했는데. 그 와중에도 그는 또다시 자신의 손에서 벗어난 휴대폰과 배터리를 바라보았다.

'세영에게.

세영에게 전화해야 하는데.'

'내 딸에게.

전화해야 하는데.'

28

우빈이 멈춰 섰다. 미연의 집. 더 정확히 말해 해코지를 위해 작심하고 들어갔던 배신자 친구 지호의 집에서 나왔지만 단 몇 걸음도 옮기지 못하고 멈춰 선 것이다.

차마 발이 떨어지지 않았다. 머릿속은 온통 암흑천지였고, 아무것도 생각나지 않았지만, 그와는 무관하게 우빈의 발은 계단 초입에 그대로 멈춰버렸다.

방금 전 무슨 일이 일어났던 걸까. 지금 미연은 어떻게 하고 있을까. 계속해서 피를 흘리던, 감지 않은 눈으로 어딘가를 바라보고만 있을, 숨 쉬지 않는 친구 석구에게 자신이 도대체 무슨 일을 저지른 건지 우빈은 그 어느 것도 쉽게 받아들일 수 없었다. 그러나 우빈에게 나타난 지금 이 상황, 자신의 발밑으로 드리워진 검은 그림자를 보자 녀석은 이 상황이 현실이며, 무엇보다 자신이 해결하지 않으면 안 된다는 책임감을 떨쳐버리지 못했다.

결국 우빈은 돌아섰다. 돌아서서 한걸음에 지호의 집 현관으로 다시 다가갔다.

엘리베이터의 층수 변화가 시작된 것을 확인한 순간 우빈은 망설였다. 벌써 119가 도착한 걸까. 아님, 그 누군가, 지호 아님 지호의 식구들이 도착한 걸까. 엘리베이터가 20층에 도착하면 벨이 울리고, 그러면 이 장면과 마주하게 되겠지. 그러면 지호의 가족들은 어떻게 할까.

순식간에 쏟아지는 수많은 생각들을 억지로 뒤로 미뤄둔 우빈이 마른침을 한 번 삼키고는 바로 초인종을 눌렀다. 문은 곧 열렸다.

현관문이 열린 순간 미연이 안타까운 표정으로 우빈을 바라봤다. 우빈이 돌아온 것에 대한 안타까움이었다. 우빈은 다른 말을 하지 않았다. 단지 한마디 묻는 것으로 자신의 책임을 분명히 했다.

"119는요?"

미연이 조심스럽게 고개를 가로저었다. 그러자 우빈은 자신도 모르게 현관 안으로 몸을 들였다. 여전히 석구는 거실 한구석에 엎드린 채 꼼짝도 하지 않았다.

미연은 다시 들어오는 우빈을 막지 못했다. 그녀 역시 우빈을 보내고 여전히 119에 전화조차 하지 못했던 것이다. 우빈을 보냈지만, 그녀는 숨을 쉬지 않는 석구의 주검을 옆에 두고 무엇을 어떻게 해야 할지 갈피를 잡지 못했다. 머릿속이 온통 캄캄한 건 우빈과 다르지 않았던 것이다.

석구를 향해 다가간 그 순간이었다. 갑자기 우빈은 그 자리에 쓰러졌다. 미연 역시 우빈의 뒤에서 함께 주저앉았다. 이윽고 공사 현장에서 들려옴 직한 굉음이 들려왔다. 처음엔 먼 곳에서 나는 소리처럼 아득했는데, 점점 소리의 강도가 거세어졌다. 소리의 무게가 가중됨과 동시에 집 안의 모든 것이 흔들리기 시작했다. 우빈과 미연은 아무 말도 하지 못했다. 서로의 눈을 마주하지도 못했다. 단지 요동치는 집, 이 이해할 수 없는 사태를 막연히 바라보기만 할 뿐이었다.

흔들림은 멈추지 않았다. 가라앉지 않는 진동 속에서 급기야 베란다 창문 유리가 창틀의 비틀림을 견디지 못하고 엄청난 소리를 쏟아내며 산산조각 났다.

수천 개의 유리 파편이 아파트 안팎에 쏟아져 내릴 때였다. 반사적으로 우빈이 미연을 끌어안았다. 미연의 머리와 상체를 자신의 품속에 감싸 안았다.

'후두둑' 소리와 함께 박살난 유리 파편이 우빈의 머리 위로 쏟아졌다. 동시에 우빈과 미연의 바로 옆으로 거실 천장의 샹들리에가 떨어져 내렸다. 갑작스런 추락으로 샹들리에의 유리 장식 또한 산산조각 나버렸다.

견디다 못한 우빈이 미연의 손을 잡고 자리에서 일어나고자 했다. 밖으로 나가야 할 것 같았다. 하지만 두 발을 딛고 자리에 일어선 순간, 둘은 높은 경사의 언덕길 밑으로 곤두박질치

너머의 세상

는 듯한 아찔함을 견뎌야 했다. 그대로 둘의 몸이 현관 반대편으로 쏠린 것이다. 급격한 바닥의 기울어짐으로 인해 둘은 또다시 몸의 균형을 잃고 쓰러졌다. 넘어지는 순간에도 우빈은 미연의 손을 놓지 않았다. 미연도 우빈의 손을 더 힘껏 붙잡았다. 둘은 그렇게 서로를 부둥켜안은 채로 구르기 시작했다. 소리는 어느새 귀를 틀어막지 않으면 견디기 어려울 정도의 굉음으로 변해버렸다.

순식간에 둘은 박살 난 베란다로까지 굴렀다. 설핏 20층 밖 풍경이 내려다보였다. 우빈은 이대로 있다간 20층 밖으로 추락할지도 모른다는 본능적 위기감에 무엇이든 붙잡고자 했다. 하지만 거실 바닥에서 붙잡을 수 있는 건 아무것도 없었다. 소파, 장식장, 티브이, 스탠드형 에어컨까지. 모든 사물들이 쓰러져 기울어진 베란다 쪽으로 구르기 시작했다.

비명을 지른 우빈이 그대로 미연을 끌어안고 눈을 감았다. 미연을 붙잡은 우빈은 최대한 몸을 바닥에 밀착시켰다. 그 순간, '덜컹' 하는 소리와 함께 우빈의 등과 금속 재질의 무언가가 강하게 충돌했다. 우빈이 짧은 외마디 비명을 질렀고, 그의 품에 안겨 있던 미연도 함께 소리쳤다. 미연이 눈을 크게 뜨고 잔뜩 겁에 질린 표정으로 바로 자신의 옆에 펼쳐진 세상을 목격했다. 바로 옆 C동 전체가 휘어진 숟가락처럼 구부러진 모습을. 그건 지금 이곳 B동 역시 마찬가지일 터였다.

29

  바닥에서 구멍이 난 느낌. 그 공포에 지수는 주저앉았다. 주저앉으면서도 휠체어를 놓지 못했다. 잠시 각혈을 멈춘 정 여사역시 믿을 수 없다는 눈길로 사방을 둘러봤다.

  3층. 엘리베이터의 액정 불빛은 그렇게 3층에서 멈춰버렸다. 그리고 곧 액정 불빛마저 꺼져버렸다.

  강한 충돌 소리와 함께 엘리베이터가 멈춰 선 후, 폐쇄된 공간은 갑작스럽게 암흑천지로 변해버렸다. 불이 꺼짐과 동시에엘리베이터 전체가 강하게 흔들렸다. 좌우상하, 벽과 벽 사이에부딪히면서 급격하게 기울어졌다. 정 여사의 휠체어가 우측 벽면에 붙어버렸고, 지수 역시 엘리베이터 우측 모서리에 몸을 대고 주저앉았다. 그리고 그 순간, 다시 한 번 엄청난 충돌 소리가들려옴과 동시에 엘리베이터가 갑작스럽게 하강했다. 가드레일이 엘리베이터 하중을 일시나마 지탱하지 못하고 미끄러진 것이다.

  곧이어 다시 충돌 음이 들렸다. 좌측 모서리에서였다. 갑자기 미끄러져 기울어진 벽면과 모서리가 서로 충돌한 것이다. 그

너머의 세상

순간, 충돌의 반동력으로 정 여사가 휠체어에서 벗어나 바닥으로 나뒹굴었다. 지수가 비명을 지르며 쓰러진 정 여사를 붙잡고 소리쳤다.

"정신 차리세요!"

"……."

"정신 차리세요, 여사님!"

"……."

"정 여사님!"

주위를 둘러봤다. 세상이 무너지는 엄청난 소리가 저 먼 곳에서 아득히 들려오는 것만 같았다. 지수는 갇혀버린 어둠의 세상 속에서 외쳤다. 소리치고 또 소리쳤다. 도대체 무슨 일이 일어난 건지 알고 싶었다. 알아야 했다.

"여보세요? 아무도 없어요? 아무도 없냐고요!"

30

그야말로 순식간에 벌어진 일이었다. 그토록 굳게 닫혀 있던 냉동 창고의 문이 열린 것은 돌연 예상치 못한 순간에 이뤄진 일이었다.

하지만 문의 열림이 예사롭지가 않았다. 거대한 철제 자동문이 마치 구겨진 성냥갑처럼 일순간 찌그러지며 스스로 무너져 내린 것이다.

이 충격적인 장면을 바로 앞에서 목격한 세영의 눈앞에 더더욱 이해할 수 없는 상황이 펼쳐졌다. 세영이 웅크리고 앉은 바닥이 마치 비행기 착륙 시점처럼 낮게 가라앉고 있었다. 일그러진 대형 문짝이 블랙홀 속으로 빠져 들어가듯 지하 복도 맞은편 벽면을 향해 곤두박질쳤다.

기울어진 상태에서 세영은 벽면에 부착된 장애인용 손잡이를 붙잡았다. 세영의 몸 또한 기울어진 블랙홀 속으로 빨려 들어갈 것만 같았기 때문이다.

그런 세영의 눈앞으로 냉동 창고에 적재되어 있던 수많은 생선 박스, 식자재 보관 박스들이 제 위치를 벗어나 급격한 경사가 생긴 곳으로 무너져 내리기 시작했다.

순간, 냉동된 박스 한 개가 손잡이를 붙들고 있는 세영의 두 손을 강타했다. 그녀가 비명을 질렀다. 비명을 쏟아냄과 동시에 손을 떼야 했다. 더 이상 붙잡을 수 없었다.

세영의 몸도 블랙홀 속으로 빠져들고 말았다. 그 순간 세영은 살아야 한다는 것 외엔 아무 생각도 나지 않았다. 살아야 한다는 생각의 그림 속엔 희미하지만 함께 모였던 가족의 실루엣이 보였다. 그러나 지금 세영의 현실을 압도하는 건 믿을 수 없는 공포. 자신의 무너져 내린 몸 위로 끝없이 쏟아지는 박스들, 모든 집기들이었다. 세영은 비명을 지르며 두 손으로 머리를 감싸 안았다. 그러곤 신에게 기도했다. 자비를 베풀어달라는 기도, 아주 어렸을 적 지금은 볼 수 없는 어머니에게서 전해 들은 단 하나의 기도를 시작했다.

'자비를 베풀어주세요, 자비를.'

정신을 차린 최인보가 뒤집혀진 버스 문을 열고 바깥세상을 지켜봤다. 휴대폰을 끝끝내 손에서 놓지 않은 최인보의 눈에 보인 세상. 대교 위는 그야말로 지옥이었다. 곳곳에서 검은 연기가 치솟고 사람들의 아우성, 차량 클랙슨 등등 수많은 소리들의 조합이 있었지만 오히려 세상은 더 한층 무겁게 가라앉았다.

조용한 세상. 검은 연기와 불규칙하게 터져 오르는 소음과 불꽃들. 이 모습을 최인보는 무표정하게 바라봤다. 주위를 바라보면서 최인보는 휴대폰 쥔 손을 더 힘껏 쥐어 보였다. 교통 체증으로 인해 줄 지어 대기 중이던, 한데 뒤엉킨 대교 위 차량들 속에서 한두 명씩 사람들이 걸어 나왔다. 그들은 하나같이 이 믿을 수 없는 현실 앞에 망연자실했다. 그들 중 누군가가 뒤늦게 울음을 터뜨렸다. 동호대교가 한껏 강한 화력에 그을린 철판처럼 구부러지다 아예 절단되고 만 장면 앞에서 차라리 울음을 터뜨리는 이가 좀 더 이성을 갖고 현실을 받아들이는 거라고 생각될 정도였다. 다른 이들, 두 동강 난 대교 위에 살아남은 생존자들은 여전히 아무것도 믿지 못했다. 갑작스럽게 뒤집혀진, 순식간에 무너져 내린, 서울의 참변을 인정하지 못했다.

모든 것이 멈춰버린 조용한 세상을.

2장

피에타 ─ 자비를 베푸소서

1

세영이 눈을 떴다. 목과 머리 위로 강하게 짓누르는 고통이 느껴졌던 탓이다. 그 고통이 세영의 정신도 함께 일깨웠다. 정신이 돌아왔지만 그녀는 이 상황을 어떻게 이해해야 할지 짐작조차 할 수 없었다. 무엇보다 시급한 건 자신의 몸을 짓누르는 생선들로부터 벗어나는 일이었다.

정신을 차리고 감겼던 눈이 뜨이자 빛이 보였다. 희미했다. 그나마 켜졌다 꺼졌다를 반복하는 불확실함이었다. 하지만 지금 세영에게 그 빛은 절대의 희망이다. 이 막막한 고통으로부터 빠져나올 수 있는 마지막 연결 고리이기도 했다. 가까스로 고개를 들었을 때, 비치는 빛살을 바라보며, 세영은 자신을 무겁게 짓누른 생선 더미와 박스들을 치우기 위해 분주히 손을 움직였다.

그 순간이었다. 두 팔을 움직여 자신의 상반신을 덮었던 생선이 담긴 비닐을 걷어내는 순간, 세영의 바로 옆에서 열 개 이상 쌓여 있던 박스들이 균형을 잃고 와르르 무너져 내렸다. 박스가 무너지면서 세영의 얼굴 위를 덮었다. 짧은 외마디 비명을 지른 세영이 두 손으로 얼굴을 막았다. 둔탁한 소리가 이어지면서 그녀의 머리와 두 팔에 적지 않은 충격을 주었다.

세영은 우선 몸을 있는 힘껏 웅크렸다. 그러고는 무너지는 박스가 있던 곳으로 몸을 굴리듯 이동했다. 박스가 무너지면서 바로 옆으로 더 강한 빛살이 내비치는 곳이 보였다. 바닥이 아니었지만, 세영이 바라보는 위치에서 바로 옆 벽면에 형광등 기구가 보였다. 그제야 세영은 알게 되었다. 복도의 끝이 바닥으로 주저앉았으며, 지하 4층 천장이 벽면이 될 정도로 구십 도 가까이 뒤집어졌음을 말이다.

가까스로 박스 무덤으로부터 몸을 피한 세영에겐 오히려 더 넓은 시야가 확보되었다. 뒤집혀버린 이 기괴한 공간의 비틀림 탓에 박스들이 제 위치를 잃고 냉동 창고 내부와 외부를 엉망진창으로 만들었지만, 세영은 기하학적으로 쌓여 있는 박스 틈새를 통해 외부로 통하는 비상문을 발견할 수 있었다. 이제 비상문은 더 이상 지상 통로로 연결되지 않는다. 엄청난 수압으로 인해 일그러진 철제문 틈새로 어디서 새어 나오는지 알 수 없는 물줄기가 흘러내리는 걸 발견한 세영은 힘겹게 몸을 일으켰다. 그러곤 박스 모서리나 벽면에 위치한 형광등 기구를 계단 삼아 비상문을 향해 기어오르기 시작했다. 그녀는 벗어나고 싶었다. 어떻게 해서든 이곳에서 나가고 싶었다. 도대체 오늘 자신이 일하는 이 대형 마트에 무슨 일이 벌어진 건지, 어떻게 이런 일이 일어날 수 있는지를 묻는 건 지금의 그녀에겐 차라리 사치스러운 잡념이었다. 세영은 온몸이 욱신거리는 참을 수 없는 통증조차 잊은 채 손을 뻗고 두 발을 버둥거리며, 조금씩 힘겹게 희미한 불빛을 나침반 삼아 비상문을 향해 올라서기 시작했다.

너머의 세상

2

　지수가 몸을 일으켰다. 하늘이 무너진 듯 쏟아져 나온 굉음과 엄청난 하강을 체험한 이후였지만 그녀는 망설일 수 없었다. 그럴 만한 한 줌의 여유도 없었다.

　엘리베이터가 가까스로 멈췄을 때였다. 순간, 지수는 가드레일이 끊어질지도 모른다는 생각이 들었다. 자신과 정 여사를 태운 엘리베이터가 급작스럽게 기울어져 경사진 벽면과 충돌하고서 멈춰 선 이후에도 계속해서 파열음을 내며 조금씩 내려앉았기 때문이다. 그녀는 지금 이대로 갇혀 있다간 엘리베이터와 함께 지하 바닥으로 추락할지도 모른다는 두려움을 느꼈다.

　지수는 방금 전 일어난, 이 어처구니없는 사태를 겪었던 순간을 떠올렸다. 그때 엘리베이터는 3층 아래로 내려가고 있었다. 3층에서 엘리베이터가 멈추더니 한 번 크게 급강하했고 그대로 벽면과 충돌하면서 멈췄다. 지수는 엘리베이터에서 벗어나면 지상으로 나갈 수 있겠다는 짐작이 들었다. 그래서 그녀는 밖으로 나갈 궁리부터 시작했다. 그럴 수밖에 없었다.

　지수는 우선 어린아이 주먹 하나 들어갈 만한 틈새로 벌어진 엘리베이터 양쪽 문을 붙잡았다. 그러곤 양옆으로 힘껏 벌렸다. 처음엔 꿈쩍도 하지 않았다. 하지만 지수가 포기하지 않고 힘을 주자 미세하게나마 조금씩 열리기 시작했다.

지수는 자신의 몸이 겨우 빠져나갈 만한 틈이 보였을 때 손을 뻗었다. 엘리베이터는 거의 정확히 층과 층 사이에 매달리듯 걸쳐 있었다. 더욱이 아파트 구조 전체가 심하게 뒤틀려진 탓에 모난 틈새로 층수를 알 수 없는 계단식 복도 대리석 흔적이 보였다. 손을 뻗으면 닿을 수 있는 거리였다.

두 손을 뻗어 대리석을 붙잡은 지수가 힘겹게 상체를 들어올리던 그때였다. '크르릉' 소리와 함께 엘리베이터가 한 번 더 가라앉았다. 상체를 대리석 복도 위에 올려놓은 지수가 외마디 비명을 질렀다. 동시에 아직도 엘리베이터 구석에 쓰러져 있는, 의식이 있는지 없는지조차 확인하기 힘든 정 여사를 불렀다.

한차례 균형을 잃고 내려간 엘리베이터가 얼마 지나지 않아 다시 멈췄다. 아파트 복도와 엘리베이터 사이의 균열이 밑으로 내려갈수록 한층 더 확산되는 탓에 엘리베이터가 내려갈수록 복도와의 틈새는 더 크게 벌어졌다.

복도 위로 올라선 지수가 저 밑, 엘리베이터 한구석에 엎드려 있는 정 여사를 바라봤다. 쉼 없이 그녀를 부르며 그녀의 반응을 기다렸다. 그러자 잠시 후, 미세하게 정 여사의 손가락이 움직이는 모습이 지수의 두 눈에 똑똑히 들어왔다. 움직임을 확인한 지수가 더 힘껏 소리쳤다."

"괜찮으세요?"

자신의 말이 메아리가 되어 돌아왔지만 지수는 포기하지 않았다."

"제 말 들리시면 몸 좀 움직여보세요. 뭐라도 좋으니까. 어서!"

지수의 절박한 외침을 정 여사가 들은 것이 틀림없다. 그녀의 말이 끝나기가 무섭게 정 여사의 발목과 팔이 한차례 움직이는 모습이 보였다. 지수는 자신도 모르게 안도의 한숨을 내쉬었다. 방금 전 손가락의 움직임이 잘못 본 게 아니라는 확신이 들어서였다.

자리에서 일어선 지수가 정 여사를 밖으로 끌어올릴 방법을 찾아봤다. 자신의 힘만으론 역부족이었기 때문이다. 지수가 주위를 둘러보니 지금 자신이 서 있는 복도는 타워팰리스 밖으로 나가는 1층 복도였다. 비록 산산조각 나고 심하게 구부러진 흉물이 되었지만 1층 현관문 형체를 윤곽으로나마 확인할 수 있었던 것이다. 그녀는 방금 전 119가 타워팰리스 바로 앞까지 도착했다는 전화 통화를 기억하며, 1층 정문을 향해 조심스럽게 걸음을 옮겼다. 조금의 구배도 없이 평평하기만 했던 대리석들이 갑작스럽게, 마치 폭풍처럼 몰아친 지상의 균열로 인해 어느 것 하나 성하지 않고 튀어 오르거나 푹 꺼진 채로 변해 있었기 때문이다.

3

　'아차' 하는 순간, 눈 한 번 깜빡한 순간에 모든 것이 달라져 있었다. 숨이 막힐 정도로 모든 것이 정돈되어 있던 회의실이 단 한 순간의 충격으로 엉망이 되어버렸다.

　20층. 정신을 차린 윤정우가 가까스로 자리에서 몸을 일으켰다. 일어서자마자 그의 눈앞에 믿을 수 없는 공포가 엄습했다. 그가 선 자리 앞에서 커튼월 강화유리의 균열이 일어났다. 뒤틀린 창틀의 불균형을 더 이상 견디지 못한 것이다.

　하나 둘, 실금들이 엄청나게 빠른 속도로 창문 전체로 번져나갔다. 그러더니 곧 끔찍한 굉음과 함께 산산조각 나버렸다. 윤정우가 본능적으로 손을 들어 자신의 얼굴을 가렸다. 유리 조각들이 먼지처럼 건물 밖과 회의실 안으로 몰아쳤다. 그리고 열린 세상, 20층 너머의 세상이 윤정우의 눈에 들어왔다. 믿을 수 없는 참혹한 광경이 그의 시야를 압도했다. 윤정우는 순간 근 몇 년간 습관처럼 자신을 괴롭히던 악몽을 떠올렸다. 하루하루, 순간마다 바뀌는 주식 시세 현황과 금리 변동, 예측 불가능한 변수들에 짓눌려 제대로 숨조차 쉴 수 없던 그를 가위눌

　　　　　　　　　　　　　　너머의 세상

리게 했던 악몽들 속에 펼쳐진 종말의 광경. 그런데 지금 그의 눈앞에 종말을 떠올리게 하는 비현실적 장면이 고스란히 재현된 것이다. 파도에 밀린 모래성처럼 무너지거나 함부로 구겨진 성냥갑처럼 일그러진 건물들, 흡사 뜨거운 열기에 녹아버린 양철처럼 구부러지고 꺾인 도로까지. 윤정우는 믿고 싶지 않았지만, 동시에 이 장면, 자신을 사로잡은 이 장면을 보자 한편으로 후련하기도 했다. 너무나 잔인하지만 그 후련함은 사실이었다. 내내 윤정우의 심장을 사로잡던 악몽들이 기어이 현실의 생생함으로 뛰쳐나온 것이다. 그러므로 그는 이제 마음 놓고 이 20층을 저주할 수 있었다. 더 이상 이곳은 비현실 속 지옥이 아니므로. 현실이 곧 지옥이므로.

4

세영은 활처럼 휘어진 계단 위에 한 걸음 한 걸음 조심스럽게 발을 내딛었다. 비상문을 열고 올라선 계단은 암흑이었다. 벽에 부착된 등기구는 처참히 노출된 채 전선이 끊어져버렸다. 계단 난간 또한 상층부로 오르는 전환 위치에서 절단되어 날카로운 끝을 드러내며 수직으로 곧게 뻗어 올랐다.

지하 1층 야광 표지판이 보이는 곳까지 가까스로 걸음을 옮긴 세영이 균열의 충격으로 헐거워진 비상문 손잡이를 어깨 힘을 이용해 열어젖혔다. 문을 열고 한 걸음 내딛은 순간, 세영은 짧은 비명을 지르며 몸의 균형을 잃고 말았다. 문밖으로 바닥이 아니라 푹 꺼진 틈새가 먼저 출현한 것이다.

균형을 잃은 세영은 그대로 몸을 앞으로 숙여 지하 1층 식품 매장 안으로 들어갔다. 자신도 모르게 엎드리고 만 세영이 고개를 들자 그녀의 눈앞엔 방금 전 지하 3층의 풍경과는 비교하기 힘든 아비규환이 펼쳐져 있었다. 식품 매장의 거의 모든 선반이 제 위치를 포기하고 무너져 내렸고, 천장 마감재는 성한 곳이 없었다. 무엇보다 세영을 놀라게 만든 건 기울어진 경사였다. 한 번도, 단 한 번도 세영의 눈에 들어온 세상, 지상의 모습은 이렇지 않았다. 하지만 지금 이 순간 비현실에 가까운 경사로 기울어진 바닥의 풍경은 세영의 눈에서만 나타나는 착시 현상이 결코 아니었다. 품목을 헤아릴 수 없이 선반을 꽉꽉 채웠던 식료품들, 과일들, 각종 물품들이 무너져 내렸고, 반대로 돌출되어 올라온 바닥 마감재는 곳곳에서 거대한 구멍을 만들어버렸다.

사람들의 비명 소리와 고함 소리가 들려왔지만 무엇보다 지하 1층 전체를 소음의 도가니로 만들어버린 주범은 소화전 경고등 소리와 사이렌이었다. 또한 이 사태를 화재로 인식하고 방출되어버린 하론 가스와 천장에 매달린 스프링클러에서 터져 나오는 물줄기로 인해 매장은 그야말로 한 치 앞을 식별하기 어려운 상태가 되었다.

세영은 어떻게 해야 할지 망설였다. 에스컬레이터 쪽을 바라봤지만 에스컬레이터는 한쪽 레일 단면을 그대로 노출시킨 채로 가동이 멈춰버렸다. 지상으로 올라갈 수 있는 길은 어디일까. 세영은 어디로 올라가야 할지 망설여졌다. 무엇보다 그녀는 함께 일하던 동료들의 걱정이 앞섰다. 자신을 조카나 딸처럼 생각하며 아껴주던 판매2팀의 동료 아주머니들. 별다른 일이 없었다면 그녀들은 이 시간엔 이곳 지하 1층 매장에 있었을 것이다.

세영은 조심스럽게 발걸음을 매장 안으로 옮겨보았다. 제대로 된 이동은 힘들었다. 주위의 무언가를 지지대 삼아 손으로 붙잡고 걸음을 옮기지 않으면 안 될 정도였다.

그때, 세영의 눈에 김 팀장이 보였다. 어쩔 줄 몰라 하며 판매 2팀의 주요 활동 구역인 과일 코너에 서 있는 김 팀장의 모습, 무전기를 들고 무언가를 쉼 없이 중얼거렸지만 무전기가 정상 작동되지 않는 듯했다.

그 주변으로 판매2팀의 직원들. 점심시간 때면 화장실 옆에 마련된 비품 창고에서 집에서 챙겨온 도시락을 함께 나눠 먹던 아주머니들의 환한 웃음이 눈에 선했다. 세영은 십여 미터 정도만 걸으면 닿을 수 있는 그들과 함께하고자 했다. 김 팀장이 자신을 가둔 몹쓸 짓은 일단 잊기로 했다. 잔뜩 겁에 질린 그의 얼굴을 보니 추궁하고 싶은 마음 자체가 사라졌기 때문이다.

세영이 한 걸음 옮겼을 때였다. 무전기를 내려놓고 휴대폰을 꺼내 전화를 걸던 김 팀장이 세영을 발견했다. 세영도 자신을 발견한 김 팀장을 바라봤다. 김 팀장의 안도하는 눈빛이 세영의 눈앞에 분명하게 들어왔다. 그가 세영을 불렀다. 그리고 무언가 소리쳤다. 정확히 어떤 말인지 알아들을 수 없었다. 순간, 그녀의 마음속에서 그의 대한 미움과 고통이 밀려들었다. 갑작스러운 변화였지만 피할 수 없는 감정의 발화였다. 세영은 짧은 순간이지만 그를 미워하고 싶었다. 하지만 지금은 아니다. 지금은 모든 것이 정지된 순간이다.

일단 팀에 합류해야겠다는 생각에 무너진 선반 사이로 한 걸음 더 내디딜 때였다.

바로 그때 세영의 눈앞에서 김 팀장이 사라졌다. 그 자리를 천장 마감재와 등기구, 콘크리트 기둥이 대신했다. 한 번 들려 온 파괴의 굉음. 그 직후 김 팀장이 서 있는 자리를 부러진 나무처럼 잘려진 콘크리트 보와 철근들이 메워버렸다. 동시에 식품 매장 중앙에서 폭발음이 들려왔다. 소스라칠 듯한 굉음이었다.

순간, 지하에서 들려온 폭발음과 함께 지하 바닥재가 산산조각 나면서 검붉은 불꽃을 일으켰다. 세영은 더 다가가지 못했다. 그녀는 엎드린 채로 몸을 뒤로 밀어냈다. 그제야 눈물이 쏟아지기 시작했다. 김 팀장이 무너진 천장 마감재에 깔려버렸다. 겁에 질려 함께 모여 있던 어머니 같았던 팀원들이 발 딛고 서 있던 바닥에서 검붉은 불꽃이 치솟았다. 강력한 폭발음과 함께 지하 1층 바닥을 뚫고 튀어 오르는 건 공조기와 컴프레서 조각들이었다. 세영은 울면서 다시 돌아섰다. 비상문이 있는 곳으로. 적을 찾을 수 없는 전쟁을 피하기 위해. 세영은 자신도 모르게 아버지를 중얼거리며 다시 비상문을 향해 기어갔다.

5

콘크리트 바닥이 둥근 무덤처럼 말려 올라갔다. 그 광경이 타워팰리스 1층 현관을 열고 밖으로 한 걸음 내딛은 지수의 눈에 들어온 첫 번째 모습이었다.

조경 식수들이 뿌리째 뽑혀 나간 건 약과였다. 정문 경비실은 형체를 알 수 없이 무너져 내렸고, 삼 미터 높이의 가로등들이 부러진 성냥개비처럼 구부러졌다. 또한 지중 전선을 매립해 놓은 패드(초고압 케이블 보관함)가 그대로 노출되어 수십 개의 굵은 케이블 전선들이 거리에 함부로 나뒹굴었다.

문득 지수는 하늘을 바라보았다. 검은 먹구름 가득한 늦은 오후의 서울 하늘은 금방이라도 세찬 소나기를 흩뿌릴 날씨였다. 타워팰리스 건물 외관이 그녀의 눈에 들어왔다. 믿기지 않았다. 서로를 마주하고 곧게 뻗어 있던 두 개의 초고층 건물이 교차한 형태로 기울어져버렸다. 방금 전 일어난 땅의 균열로 인해 더 이상 직선의 곧음을 유지하지 못한 탓이다. 그래서일까. 지수의 눈앞에선 불규칙적으로 베란다 유리, 집 안에 있던 가전제품, 각종 물건들이 떨어져 내리기 시작했다. 동시에 지상

너머의 세상

에선 수억대의 최고급 승용차들이 서로 뒤엉켜 전복된 채로 방치되었다.

지수는 고개를 가로저었다. 어떻게 해야 할지 몰랐지만 섣불리 정문 밖으로 나가진 못했다. 지금 단 하나의 존재가 그녀의 발걸음을 붙잡았기 때문이다. 바로 정 여사였다.

지수는 사람들을 보며 소리쳤다. 형편없이 찌부러진 입구 틈새를 가까스로 빠져나온 그녀가 외쳤다. 서둘러 걸음을 옮기는 사람들을 보며 엘리베이터 안에 사람이 갇혔다고, 살려달라고 소리쳤다. 하지만 사람들 모두 넋을 잃고 있었다. 본능적으로 자신들의 보금자리에서 벗어나 어디론가 도망치려 했지만, 그들의 눈빛엔 최소한의 이성적 생각도 자리 잡지 못했다. 그저 누군가, 그 누군가가 달려가는 곳을 따라서 달릴 뿐이었다. 지수가 소리쳐도, 그래서 실제로 그녀와 눈이 마주쳐도 사람들은 묵묵부답이었다. 그녀의 간절한 요청에 응답하지 않았다. 그저 어디론가, 누군가가 가는 곳으로, 안전한 곳, 안전하다고 믿을 수 있는 곳, 그곳이 어디인지 몰라도 그저 몰려갈 뿐이었다.

지수도 잠시, 아주 잠시 동안이지만 망설였다. 그녀는 자신이 가장 먼저 가야 할 곳을 찾았다. 물론 그곳은 집일 것이다. 남편 현수, 아들 우빈, 그리고 딸 세영이 기다리고 있는 곳. 그녀의 두 발 또한 이 넋 나간 세상과 발걸음을 함께할 것을 강요당했다. 도망쳐야 한다. 어디로든, 그 어디로든 말이다.

그렇게 한 발을 내딛었을 때였다. 무슨 생각이었을까. 지수가 고개를 들어 자신이 도망쳐 나온 타워팰리스 C동을 돌아봤다. C동 배후에서 요란한 소리가 한차례 지수의 귓전을 강하게 두드렸다. 구룡산의 토사가 이 먼 곳까지 밀려든 것이다. 상상조차 할 수 없는 사태였다. 수많은 나무들이 뿌리가 뽑혀 있었고, 물갈이를 하는 저수지처럼 바닥 깊은 곳에 자리하고 있던 토사와 돌들이 뒤집혀진 채였다. 때맞춰 하늘에서 천둥소리가 들려왔다. 그와 동시에 아직 이 균열의 공포가 끝나지 않았음을 알려주는 땅의 흔들림이 지수의 다리를 얼어붙게 했다. 그대로 그녀는 멈춰 섰다. 자신은 꼼짝하지 않았지만 두 발을 절대 불변의 원리처럼 받쳐주던 대지의 흔들림엔 무방비일 수밖에 없었다. 좌우로 한차례. 미세한 흔들림이었지만 순간, 지수의 심장은 차갑게 가라앉았다. 극한의 공포를 느낀 지수가 자신도 모르게 손을 왼쪽 가슴에 갖다 댔다. 심장이 뛰고 있다. 자신의 심장이 뛰듯 엘리베이터에 갇힌 정 여사의 심장 또한 뛰고 있다. 그 살아 있음이 믿기지 않을 정도로 생생했다. 어떤 절망도, 어떤 비극도 깡그리 무너뜨릴 정도로 말이다.

그 생각이 미치자 지수는 더 이상의 망설임을 거두었다. 도망치는 사람들을 붙잡는 일도 그만두었다. 그녀는 제 발로 산산조각 난 1층 출입문 안으로 되돌아갔다.

너머의 세상

6

"손 놓지 말아요!"

"……."

"놓으면 안 돼."

"아…… 어……."

"놓으면 죽어!"

우빈이 다급하게 소리쳤다.

"누나 죽는다고!"

우빈은 벗어나고 싶었다. 소리치고 윽박질러서 어떻게든 이 상황을 벗어나고 싶었다. 소리라도 지르지 않으면 안 된다. 자신 역시 온몸에서 맥없이 힘이 빠져 함께 벼랑 끝에서 떨어지고 말 테니까 말이다.

어느새 우빈의 눈앞에 펼쳐진 광경은 세상 끝이 되었다. 베란다 유리는 산산조각 나고, 금속재로 마감된 베란다 기둥은 썩은 고목처럼 뽑혀 나가거나 일그러졌다.

느닷없는 건물 균열로 그대로 쓰러진 미연과 우빈은 서로를 부둥켜안아야 했다. 베란다 너머로 떨어져 나가지 않으려면 어

떻게든 난간 보를 붙잡고 지탱해야 했기에 더더욱 둘은 서로를
끌어안았다.

우빈이 두 손으로 일그러진 베란다 난간을 붙잡은 순간이었
다. 갑작스럽게 기울어진 바닥에 몸을 지지하지 못하던 미연이
그만 자신을 안고 있던 우빈으로부터 떨어졌다. 순간 우빈이 비
명을 질렀다. 20층 밑의 세상을 내려다봤다.

'저 밑으로 떨어지면 누구도 살아남을 수 없어.'

불길한 생각이 섬뜩하게 우빈의 등골을 훑고 내려갈 찰나,
떨어져 내리던 미연이 본능적으로 두 손을 뻗어 그의 발목을
붙잡았다. 갑작스럽게 미연의 힘이 실리자 난간 기둥이 한차례
구부러졌다. 하지만 천운이었을까. 우빈과 미연의 하중이 모두
실린 기둥은 구부러지기만 할 뿐 부러지진 않았다.

미연은 처음엔 손을 뻗어 우빈의 바지춤을 붙잡았다. 하지만
손의 악력은 얼마 안 가 한계를 드러냈다. 자신의 손이 미끄러
지는 것을 확인한 미연이 본능적으로 우빈의 왼쪽 허벅지를 끌
어안았다. 또 한 번 우빈의 몸이 휘청거렸지만, 녀석은 필사적
으로 난간 기둥을 붙잡았다.

그때, 위층과 아래층에서 자신들과 비슷한 상황에 처한 자
들이 맞이한 비극적 장면이 우빈과 미연의 눈에 또렷이 목격되
었다. 오른쪽으로 잔뜩 기울어진 이 초고층 아파트 거주자들이
붙들 곳을 찾지 못하고 밖으로 튀어나오는 일이 벌어졌다. 이

너머의 세상

장면들은 우빈을 거대한 파괴력과 공포의 도가니 속으로 밀어 넣었다. 대형 스탠드 에어컨, 거실용 가구들이 무언가에 떠밀리듯 쏟아졌다. 수많은 가전제품들이 사람들과 함께 쏟아져 내렸다. 먹구름 가득한 하늘에서 커다란 우박이 떨어지듯 쏟아져 내리는 사람들은 순식간에 우빈의 시선 속에서 자그마한 흑점이 되어 사라져갔다.

하지만 그것도 잠시였다. 거의 오십 도 가까이 기울어진 경사로부터 벗어나지 않으면 안 된다는 것을 머리가 아니라 몸이 먼저 알려주었다. 우빈은 두 발을 있는 힘껏 베란다 바닥에 밀착했다. 두 손에도 더 힘을 주어 미연과 자신의 몸을 거실 창문틀까지 올려 세우고자 했다. 그러던 중 자신의 다리를 붙잡던 미연의 힘이 점점 떨어지는 것을 염려하던 우빈이 끝내 참았던 비명을 쏟아내고 말았다. 정신 차리지 않으면 죽는다는 말을 반복했다. 그러면서 자신의 발을 마지막 끈 삼아 더 힘껏 힘내기를 요구했다. 그건 요구가 아닌 애원에 가까웠다.

깨진 유리 조각이 바닥과 밀착한 우빈의 피부를 더 한층 깊이 파고들어서일까. 손목에 힘을 줄 때마다 끔찍한 통증이 찾아왔다. 이미 녀석이 흘린 검은 피가 베란다 난간 주위를 흥건히 적신 상태였다.

우빈은 한 번 끌어올린 집념을 거두지 않으려 했다. 포기하면 끝장이다. 이 상황에서 한숨을 돌리거나 할 겨를조차 없다는 것을 너무나 잘 알고 있었다. 힘이 빠지면, 그래서 활처럼 휘어버린 베란다 난간 기둥을 붙잡은 손의 기운이 떨어지면 이대로 20층 아래로 추락하고 말 것이다. 자신뿐만 아니라 미연까지도 함께.

우빈이 비명에 가까운 소리를 지르며 작심하고 오른손을 난간 기둥에서 떼었다. 그러곤 순식간에 바로 옆에 보이는 베란다 창문틀을 붙잡았다. 처음 붙잡았을 때는 너무나 미끄러웠다. 그 느낌에 아찔했지만, 곧 다시 힘을 줄 수 있는 상태가 되었다. 그렇게 창문틀을 붙잡은 우빈이 자신의 상체를 끌어올렸다.

상체를 끌어올리자 그의 왼쪽 허벅지를 붙잡고 있던 미연의 두 손 중 한 손이 방금 전 우빈이 잡았던 난간 기둥을 붙잡았다. 그러곤 그녀 역시 힘껏 손을 뻗어 우빈의 팔목을 붙잡았다. 둘은 그렇게 한껏 기울어진 거실 구석으로까지 올라섰다.

미연의 상체를 부축해 일으켜 세웠을 때였다. 그녀가 순간 외마디 비명을 질렀다. 비명을 지른 것만이 아니었다. 갑작스런 충격이 우빈의 왼발에 전해졌다. 둔탁한 부딪힘과 함께 거실 구석에서 균형을 유지하던 우빈의 몸이 한 번 크게 휘청거렸다. 이번엔 미연이 우빈의 어깨를 붙잡아주었다. 우빈을 붙잡은 그녀가 얼굴을 우빈의 어깨에 묻고서 흐느끼듯 울먹였다. 흐느낌을 멈출 순 없었다. 방전된, 혹은 아무 쓸모도 없게 된 무생물처럼 바닥 기울기에 못 이겨 쏠려 내려온 석구의 시신이 우빈의

　　　　　　　　　　　　　너머의 세상

왼발을 강타하고서 그대로 베란다 밖으로 굴러떨어졌다.

우빈은 석구의 시체에서 눈을 떼지 못했다. 작은 점이 되어 지상으로 내려앉을 때까지도 그랬다. 미연은 계속해서 흐느꼈다. 미연, 우빈, 둘 모두 알고 싶었다. 이 찰나의 시간, 1시간도 지나지 않아 벌어진 이 급작스런 일에 대해. 대체 무슨 일이 일어났는지 묻고 싶고, 알고 싶었다. 하지만 누구도 지금 그들에게 일어난 일을 설명해주지 않았다. 설명하지 않았으므로 이후 상황에 대한 대비 역시 온전히 우빈과 미연, 둘의 몫이었다.

그 사실을 보다 냉정하게 인식한 우빈이 조심스럽게 자리에서 일어났다. 형체를 알아볼 수 없을 정도로 일그러진 현관문의 열린 틈을 보며 미연의 손을 붙잡았다. 그녀의 손은 심하게 떨렸다. 우빈의 손 또한 예외 없이 떨리고 있었다. 우빈은 막연하지만 다짐의 얼굴로 자신을 올려다보는 미연을 향해 말했다.

"내려가요."

"어딜?"

"밑으로요."

"어떻게 된 거지?"

"모르겠어요. 모르겠는데……"

불어오는 바람에 흔들린 긴 머리칼이 눈을 가렸다. 우빈이 반사적으로 바람이 부는 무너진 창밖을 바라봤다. 먹구름이 잔뜩 들어찬 하늘을 가로막고 있는 산에서 흙먼지가 불어왔다.

부러진 나무들이 서로 뒤엉켜 있었는데, 순간 우빈은 두 눈을 의심할 수밖에 없는 장면을 목격했다. 부러지고 무너진 나무들 사이사이로 검붉은 토사가 거대한 덩어리가 되어 꿈틀거리는 모습이었다. 그의 눈엔 마치 푸른 숲 사이로 한 떼의 뱀 무리가 기어 다니는 모습처럼 비쳤다.

그 모습을 바라본 우빈이 머리칼을 크게 쓸어 올린 다음 내내 자신을 올려다보는 미연에게 말했다.

"일단 여길 벗어나야 돼요."

"……."

"일단 이곳을. 어떻게든. 그렇지 않음…… 그렇지 않음……."

말끝을 흐린 우빈이 다시 창밖을 바라봤다. 서울에서 다시없이 쾌적한 곳이라는 구룡산이 밀려들어온 광경을 내내 바라보던 그는 이곳을 벗어나야겠다는 생각 외에 다른 생각을 할 수 없었다.

너머의 세상

7

먼지 가득한 방 안에서 몽우가 몸을 일으켰다. 중력을 잃어버린, 마치 달 위에 서 있는 기분이었다. 천장이 가라앉아 비스듬한 바닥이 되어버렸다. 얇은 합판으로 덧댄 쪽방 벽면은 형편없이 무너져 내렸다.

정신을 차릴 수 없었던 몽우가 가장 먼저 찾은 건 할아버지였다. 자신도 모르게 입 밖으로 할아버지, 아줌마 이름이 튀어나왔다. 하지만 녀석은 지금 쪽방 밖으로 나갈 엄두가 나지 않았다. 뒤집히고 가라앉은, 지형이 뒤틀려버린 상태에선 한 발자국도 움직이기 힘들었다.

몽우는 이 순간 거꾸로 뒤집힌 데스크톱 컴퓨터를 바로 세웠다. 게임의 한 순간이 정지된 채로 몽우의 눈앞에 아른거렸다. 화면을 내내 바라보던 몽우가 한마디 툭 내뱉었다. 언제나 익숙하게 자신에게 말 걸고 자신으로부터 답을 듣던 몽우였다. 그런 몽우의 유일한 친구, 게임 속 세상이 멈춰버렸다. 게임 속 상대도, 게임 속 우주도, 게임 속 모든 꿈도. 그래도 몽우는 그 멈춰버린 세상을 향해 말을 걸 수밖에 없었다. 지금까지도 그랬고, 앞으로도 그럴 거니까.

"어떻게 된 거야."

몽우가 말을 건네도 컴퓨터 속 세상은 미동도 하지 않았다.

"어떻게 된 거냐고."

이번에도 침묵. 멈춰버린 세상 앞에서 몽우는 잠시, 아주 잠시 동안 그 자리 그대로 서 있었다. 그 후 이어진 몽우의 독백은 그 자신도 모르는 사이에 그를 설득해갔다.

"미치겠네."

너머의 세상

8

"서둘러요."

"아…… 아, 잠깐…… 잠깐만."

"어서!"

위층에서 한차례 요란한 소리가 들렸다. 소리와 함께 마지막까지 천장에 매달려 있던 대형 형광등 기구마저 주저앉았다. 우빈은 일그러진 현관문을 밀쳐냈다. 그러곤 계단 앞에 섰다. 나선형 계단이 오른쪽으로 크게 감긴 모양새로 휘어버렸지만 계단을 통해 벗어나는 길이 최선이라는 생각뿐이었다.

급한 마음에 우빈이 미연을 채근했다. 그녀 역시 다급했다. 그렇지만 우빈은 어느 순간부턴 그녀에게 서둘라고 말하지 않았다. 그럴 수가 없었다.

미연이 찾은 건 강아지였다. 강아지는 뒤집혀진 소파 밑에 발이 찧어 꼼짝하지 못하고 끙끙댔다. 강아지를 꺼내기 위해 미연은 몸을 숙여 소파 밑으로 들어가려 했다. 우빈이 잽싸게 거실 안으로 들어가 소파의 아래쪽 모서리를 들어올렸다. 그러자 받침대가 틈을 보이면서 강아지가 절룩거리며 몸을 움직였

다. 그러고는 자신을 향해 엎드려 두 손을 뻗은 미연에게 다가
갔다. 우빈이 강아지를 품에 안은 미연의 두 팔을 감싸 안고 구
멍 난 바닥을 조심스럽게 피해 현관 밖으로 걸어 나갔다.

　수평을 상실했다. 계단들이 온통 삐뚤삐뚤 튀어 오르고 가
라앉았다. 그곳을 밟아 내려가는 동안 우빈과 미연은 창밖을
바라볼 엄두도 내지 못했다. 다만 서로의 손을 붙잡고서 아래
의 세상, 지상의 세상만을 향해 걸음을 옮겼다.

　우빈이 앞장서서 한 걸음씩 내딛었다. 폐허처럼 균열을 일으
킨 계단의 평평한 틈을 찾아 내려갔다. 미연은 자그마한 말티즈
강아지를 가슴에 안고 더 조심스럽게, 자신의 손을 내내 놓지
않는 우빈을 따라 걸음을 옮겼다.

　몇 층이나 내려왔을까. 우빈이 잠시 멈춰 섰다. 미연이 우빈
의 옆에 섰다. 강아지가 혀를 길게 내밀어 자신을 품에 안은 그
녀의 목덜미를 핥아주었다.

　미연은 우빈이 멈춰 선 이유를 묻지 않았다. 묻지 않아도 알
수 있었다. 다시, 땅의 흔들림이 시작된 것이다. 가만히 서 있으
면 건물의 흔들림이 보다 정확하게 전달된다. 벽면이 흔들렸고,
이미 박살 나버린 텅 빈 창틀도 덜컹거리는 소릴 내며 흔들렸
다.

　우빈이 미연을 바라봤다. 미연도, 우빈도 서로 바라보기만

할 뿐 어떤 말도 주고받지 않았다. 미연은 자신의 손을 붙잡고 한참을 내려온 우빈의 손에 가볍게 힘을 주었다. 우빈이 창밖을 바라봤다. 보이는 건 검붉은 토사의 움직임이 활발한 흙더미 그림자가 전부였다. 밑으로 내려올수록 아파트 배후를 가로막은 흙더미의 모습이 시야의 대부분을 차지했다.

흔들림의 빈번함을 실감한 우빈이 다시 걸음을 옮겼다. 한 걸음 옮기려 할 때. 그제야 우빈의 눈에 타일 벽에 떨어진 층수 표시판이 들어왔다. 5층이었다.

'이제 거의 다 왔어. 조금만. 조금만 더.'

'조금만 더'를 마음속으로 되뇌던 우빈이 다시 발걸음을 멈췄다. 소리가 들렸다. 창밖에서 이유도 원인도 알 수 없는 붕괴의 징후를 알리는 소리가 들렸다. 저 먼 곳에서부터 알 수 없는 그 무언가들이 쏟아져 내려오는 소리였다.

소리의 강도가 북소리처럼 점층적으로 고조되었다. 그때 우빈은 직감적으로 창밖을 덮은 검은 토사의 심상찮은 움직임이 어떤 결과로 나타날지 알아차렸다. 그는 별다른 말 없이 미연을 끌어안고 계단 모서리 구석 자리에 주저앉았다. 미연도 덩달아 앉아 고개를 숙였다. 그 순간이었다. 거대한 나무 줄기 하나가 계단 창문을 뚫고 들어왔다. 구석에 앉은 우빈의 바로 옆에 꽂히듯 파고들었다. 거대한 나무의 침입과 동시에 엄청난 양의 토사가 장대비처럼 우빈의 머리 위로 거침없이 쏟아져 내렸다. 자리에 주저앉은 우빈은 이 순간 아무것도 할 수 없었다. 그저 머리 숙여 미연을 더 힘껏 감싸 안을 뿐이었다. 우빈은 자신도 모르게 '엄마', 또는 그 누군가를 숨죽여 불렀다. 그것만이 지금 녀석이 할 수 있는 전부였다.

9

무너진 유리 회전문을 소화기로 부순 현수가 함부로 뒤엉킨 골재들을 뚫고 건물 밖으로 나왔다. 그의 머리와 목덜미엔 검붉은 혈흔이 보였고, 이마 아래로 몇 줄기 핏물이 흘러내렸다.

현수는 자신의 머리와 이마에 밴 피비린내의 원인을 확인할 여유가 없었다. 이 납득할 수 없는 현상을 건물 밖 인도 위에서 확인하게 된 순간, 자신의 몸을 돌볼 최소한의 절차조차 사치가 되어버렸기 때문이다.

테헤란로 8차선 도로가 극심한 구배로 비틀리고 솟아올랐다. 강남역 방향을 향해 일직선으로 곧게 뻗어 있던 예전 도로의 모습은 더 이상 찾아볼 수 없었다. 진회색 아스팔트 바닥 어느 한 군데도 성한 곳을 찾을 수 없을 정도였다. 현수의 눈앞에 보이는 선릉역 사거리는 더 이상 이곳이 도로였음을 확신하기 어려울 정도로 갈라지고 비틀린 형해로 변해버렸다.

테헤란로를 물 샐 틈 없이 메운 건물들 곳곳에서 검은 연기와 불꽃이 치솟았다. 연기가 치솟는 곳들을 둘러보던 현수는 본능적으로 지진을 실감했다. 서울, 그것도 강남 한복판에 강도를 가늠하기 힘든 대지진이 일어났음을 짐작했다. 그것 외엔 이 느닷없이 출몰한 비극을 다르게 설명할 가능성이 없기 때문이다.

방금 전까지만 해도 그는 석 달째 농성 중이던 금융회사 건물 1층 로비에 있었다. 20층에 오르기 위한 엘리베이터 앞 투명 대리석 바닥에 비친 자신의 남루한 차림새를 어쩔 수 없이 지켜보며 서 있었던 것이다. 현수는 그 모든 것을 기억하고 있다. 자신의 몸에 무엇이 뿌려졌는지, 지금 자신의 주머니에 무엇이 있는지, 그 무엇으로 자신을 어떻게 하려 했는지, 자신을 이렇게 만든 이들이 지금 어디에 있는지.

두어 걸음 물러선 현수가 인도를 둘러봤다. 어떤 이는 망연자실한 표정으로 주저앉아 있었다. 또 어떤 이는 어디론가 필사적으로 내달렸다. 누군가는 무너진 대형 간판에 깔려 유명을 달리했다. 차도 위에선 일순간에 뒤집히고 궤도를 이탈한 차량들의 추돌 사고가 쌓이고 쌓였다. 가까스로 차문을 열고 걸어나와 비명을 지르는 사람도 눈에 뜨였다.

현수가 기어가다시피 몸을 숙여 빠져나온 건물 회전문 입구에서 농성원으로 보이는 사람들이 하나둘씩 모습을 드러냈다. 방금 전 자신에게 어떤 일들이 생긴 건지 여전히 어리둥절한 표정이었다. 저마다 얼굴과 몸 곳곳에 찰과상 흔적을 감추지 못했다. 그런 그들이 무너진 보도블록 위로 걸음을 옮기기 시

너머의 세상

작했다.

순간, 주위를 지켜보던 현수의 귀에 파열음이 들렸다. 바로 현수가 서 있는 그곳, 대형 금융 사무실이 운집한 건물의 불투명 커튼월이 더 이상의 내부 균열을 견디지 못하고 곳곳에서 금이 가더니 이내 산산조각 나기 시작한 것이다.

저마다 다른 형태와 크기의 커튼월 유리가 쏟아졌다. 예고 없이 쏟아지는 우박처럼 사람들이 빠져나온 보도블록 위를 내리덮었다. 유리 조각들이 떨어지는 것을 확인한 현수가 본능적으로 몸을 웅크렸다. 그러곤 서둘러 택시 승강장 캐노피 속으로 들어갔다. 캐노피 안에 들어가자마자 그 위로 '우두둑' 소리가 들렸다.

하늘에서부터 유리 조각들이 떨어져 내렸다. 현수는 몸을 잔뜩 숙인 상태로 건물을 올려다봤다. 유리들이 깨져 나가면서 고층 건물 곳곳에서 사무 집기들이 떨어졌다. 이미 건물은 수직의 균형을 잃은 상태였다. 한눈에 봐도 우측으로 심하게 기울어져 있었다. 그 기울어진 벽면을 가로막던 커튼월 마감재가 박살 나기 시작하면서 고층 건물 내부에서 끔찍한 비명 소리와 폭발음이 들렸다. 그와 동시에 몸의 균형을 찾지 못하고 지상으로 곤두박질치는 사람들이 속출했다.

유리 조각 낙하가 잠시 잦아들었다. 그 틈을 타 현수가 캐노피 밖으로 나왔다. 그러곤 방금 전 건물 앞 도로에 정차해두었던 크레인 쪽으로 빠르게 이동했다. 운전석 문은 열려 있었고, 운전기사였던 후배는 보이지 않았다. 주위를 두리번거리던 현수가 인도 쪽으로 기울어진 크레인 운전석 안으로 들어가 확성기를 손에 쥐었다. 확성기를 붙잡고 다시 내려온 현수가 건물 앞으로 다가갔다. 무너진 건물 입구에선 사람들의 아우성이 들렸다. 농성원들은 인도에 주저앉은 채, 무너진 회전문과 콘크리트 더미 틈새에서 살려달라고 소리치는 사람들의 절박함을 그저 듣기만 할 뿐 무엇을 어떻게 해야 할지 대략의 짐작조차 하지 못했다.

확성기를 붙잡은 현수에게 다시 한 번 마감재 유리 박살 나는 소리가 들렸다. 그가 본능적으로 고개를 들어 유리가 깨진 곳을 올려다봤다. 20층이다.

20층. 석 달 동안 얼굴 한 번, 사과의 말, 계약 파기에 대한 최소한의 위로 한마디 비치지 않던 침묵의 철옹성, 그곳 창문이 좌측에서부터 차례대로 부서지더니 이내 한 남자가 창밖으로 모습을 드러냈다. 그 남자가 그토록 현수가 기다려오던 한때 자신의 고용주였는지, 아님 다른 이였는지는 확실하지 않았다. 현수는 확성기 마이크에 입을 갖다 대고 20층을 향해 소리쳤다.

"내려올 수 있겠어요?"

정신을 차릴 수 없었던지 20층에 모여 있던 사람들은 처음 현수가 한 말을 알아듣지 못했다. 그렇지만 현수가 20층에 고

너머의 세상

립된 자신들에게 말을 건넨 사실을 짐작했다. 현수가 거듭 소리
쳤다.

"1층까지 내려올 수 있겠냐고요?"

그제야 현수의 말을 알아들은 와이셔츠 차림의 남자들이 자
신들의 현재 상황을 알리기 위해 필사적으로 두 손을 휘저었
다. 그들이 소리치는 모습이 보였다. 하지만 20층에서 내뱉는
고성을 제대로 듣기란 불가능에 가까웠다.

확성기에서 입을 뗀 현수가 다시 주위를 둘러봤다. 그제야
그는 자신의 가슴이 먹먹해져옴을 실감했다. 현재의 모습을 지
켜보는 것 자체가 현수에겐 고문이었다. 건물 입구는 콘크리트
기둥이 무너져 내렸고, 차도는 차량이 서로 뒤엉킨 채 위로 솟
구치거나 커다란 구멍이 뚫렸다. 생존자 중에서도 그나마 몸이
성한 사람만이 겨우 한 명씩 걸어 나올 수 있을 것 같았다.

도시의 기본적인 기능 자체가 마비된 현실을 현수가 가장 절
망적으로 확인하고 만 것은 바로 경찰차였다. 자신들을 불법
농성원으로 규정하고 진압하기 위해 외곽 차도를 호기롭게 가
로막고 있던 여러 대의 백차와 호송차들이 모두 전복되어 있었
다. 누구도 도와줄 수 없는 현실 앞에 현수는 그제야 이마를 타
고 흐르던 핏물을 닦아냈다.

10

지상의 세계에서 소리가 들렸다. 20층에 모인 사람들, 말쑥한 옷을 차려입은 이들은 모든 것이 뒤집히고 무너진 바닥을 딛고 간신히 일어나 창문가를 향해 달렸다. 기울어진 창문 난간을 붙잡은 중역들은 소리쳤다. 처음엔 고함을 질렀고, 손을 휘저었다. 그러다 그들은 점점 울먹이기 시작했다.

자리에서 가장 마지막으로 일어선 윤정우가 창문 난간으로 걸어갔다. 처음 확성기 소리가 들렸을 때부터 그는 그 소리의 주인공을 알 수 있었다. 그랬기에 섣불리 난간으로 다가가지 못했다. 물론 윤정우는 살고 싶었다. 창밖 세상의 폐허를 보면 더욱 그랬다.

그에게도 가족이 있다. 휴대폰을 들고서 가족부터 찾아 통화 버튼을 눌러도 '통화 불가'란 멘트만 반복되는 현실이 그를 미치게 만들었다. 아내가, 이제 막 고등학교를 졸업한 무남독녀 딸이, 그녀들의 얼굴이 눈에 밟혔다. 하지만 그는 다가가지 못했다. 확성기로 들려오는 그의 음성, 언제나 자신의 곁을 묵묵히 지켜오던 현수, 최 부장의 음성이 대못을 박듯 마음에 파고

너머의 세상

들었기 때문이다. 생명줄이나 다름없는 직장에서 느닷없이 해고된 후로 현수를 비롯한 수십 명의 직원들은 석 달 동안 지상의 세계에서 외치고 또 외쳤다. 수백, 수천 번씩 저 확성기를 입에 대고 목청이 터져라 부르짖었다. 그때마다 윤정우는 저들에게 다가가지 못했다. 이 순간 그는 어떤 변명도, 어떤 이유도 소용없다는 걸 알았다. 지상의 외침을 외면한 두려움으로부터 자유롭지 못한 자신을 발견했기에 발걸음이 차마 옮겨지지 않았다. 하지만 그 두려움, 죄책감, 미안함과는 다르게 20층 회의실 바닥은 계속해서 흔들렸다. 진동이 계속되었다. 진동의 여파로 천장 패널들이 하나둘씩 무너졌다. 깜빡거리던 형광등 불빛도 이내 꺼져버렸다. 결국 윤정우는 확성기를 통해 들려오는 지상의 소리로 다가가야 했다. 살고 싶었다. 이대로 무너지는 건물 속 잿더미와 하나가 될지도 모른단 생각이 그의 움직임을 재촉했다. 두려움도, 미안함도 살아야겠다는 생각 속에서 깡그리 사라졌다. 그 순간 그는 알 수 있었다. 지상의 세계에서의 현수를 목격한 순간이었다. 저들이, 저 지상의 세상, 길바닥에서 어째서 소리 높여 외쳐야 했는지. 살기 위해 몸부림친다는 것이 무엇인지 아주 조금은 알게 되었다.

11

　최인보가 차체가 뒤집힌 버스 밖으로 기어 나와 대교 바닥에 떨어지듯 몸을 던진 뒤였다. 커다란 타이어 바퀴 옆에 한 아이가 잔뜩 몸을 웅크린 채 앉아 있었다. 새하얀 원피스 치마가 그을음과 흙먼지에 잔뜩 더럽혀 있는 아이. 유난히 큰 눈을 뜨고 미동도 하지 않는 아이는 초등학생으로 보이는 어린 소녀였다.

　소녀는 최인보를 내내 지켜보고 있었다. 하지만 최인보는 주위를 한참 동안 두리번거릴 뿐이었다. 그렇게 서성거리기만 하다 소녀를 보게 되었다.

　소녀는 차량 밖으로 뛰어 나온 이들처럼 비명을 지르거나 호들갑을 떨지 않았다. 대신 타이어 옆에 가만히 웅크리고 앉아 자신과 같이 살아남은 생존자 중 한 명인 최인보를 가만히 바라보기만 할 뿐이었다. 한동안 소녀를 바라보던 최인보가 몇 걸음 버스 밖으로 몸을 옮기고는 다시 고개를 돌려 괴물로 돌변한 동호대교 위 늦은 오후를 바라봤다.

너머의 세상

동호대교가 잘려나갔다. 거대한 땅의 균열을 견디지 못하고 한강 한복판에서 보기 좋게 절단된 것이다. 잘려나간 대교는 흉물스런 속살을 그대로 드러냈다. 잔뜩 녹슨 철근과 골재들이 여과 없이 노출되었다. 바로 옆 전철의 철로 역시 뱀처럼 한껏 구부러졌고, 때맞춰 철로 위를 달리던 전철 차량들이 궤도를 벗어난 채 아슬아슬하게 철로 위에 매달려 있었다.

대교가 부러진 건 믿기 힘든 현상이었지만 엄연한 현실이었다. 다리가 지면의 급작스런 비틀림, 상승 압력으로 인해 현재 위치를 지탱하지 못하고 굴복된 결과였다.

한강 물길은 마치 파도가 몰아치는 바다처럼 출렁였다. 동시에 여전히 대교의 급작스런 경사를 인지하지 못하고서 내리막에서 핸드브레이크를 올리지 못한 차량들이 두세 대씩 뒤엉켜, 잘려나간 대교 밑으로 곤두박질치는 일이 벌어지기도 했다.

사람들이 차를 버리고 뛰쳐나오기 시작했다. 그렇지만 섣불리 달리지도, 그대로 주저앉지도 못했다. 방금 전만은 못해도 땅의 흔들림, 여진이 계속되었기 때문이다. 가만히 서 있기만 해도 땅이 흔들리는 두려움. 그 명확한 두려움이 사람들의 발걸음을 그 자리 그대로 잡아 묶었다.

뒤집혀진 408번 버스에서도 추가로 두 사람이 벗어나기 위해 발버둥 쳤다. 창문을 열고 버스 밖으로 빠져나오기 시작한 것이다.

소녀가 조심스럽게 몸을 일으켰다. 그러곤 고목처럼 가만히 서 있기만 하는 최인보의 손을 잡아끌었다. 최인보가 소녀를 내려다봤다. 소녀가 최인보를 올려다보며 말했다.

"우리…… 어떻게 되는 거예요?"

최인보는 소녀의 질문에 답하지 않았다. 답할 수 없었을 것이다. 단지 최인보가 치매를 앓고 있는 환자여서가 아니다. 갑자기 무너진 세상 앞에서 정확한 원인을 밝혀주고 답을 들려줄 수 있는 사람은 많지 않을 테니까.

대답 대신 최인보는 자신의 손을 붙잡은 소녀를 말없이 끌어안았다. 소녀 역시 두 손으로 최인보의 목을 휘감았다.

소녀를 끌어안은 최인보가 한 걸음, 버스 반대편으로 발을 뗐다. 그때, 최인보의 시야에 대교 상판 바닥이 들어왔다. 기름이 몇 갈래로 분리되어 대교 바닥을 빠른 속도로 적시고 있었다. 버스 바로 뒤편, 마찬가지로 전복된 대형 탱크로리의 주유구에서 기름이 흘러내리고 있었다.

12

"돌아가."

"그만 말씀하세요."

"돌아가라고!"

"안 돼요."

"난 포기하고…… 그냥 돌아가."

"그냥, 이대로는 안 돼요. 안 된다고요!"

지수가 소리쳤다. 그녀는 정 여사의 말을 듣지 않았다. 들을 수 없었다. 또다시 C동 1층으로 돌아온 지수는 계속해서 조금씩 가라앉는 엘리베이터 안으로 발걸음을 옮겼다.

열린 엘리베이터 문의 절반은 벽이 가로막았다. 나머지 절반, 지수의 가슴팍 위의 공간이 1층 현관 복도로 연결된 상태다. 그렇지만 이 상태가 계속해서 유지되진 않았다. 계속해서 조금씩, 내려앉았다. 건물 입면에 경사가 형성된 탓이다.

엘리베이터 안으로 다시 들어왔을 때였다. 다행히 정 여사의 의식은 남아 있었다. 숨을 쉬었고, 눈을 뜨고 정신 차려 말도 할 수 있었다. 그렇지만 아무 힘도 쓸 수 없는 그녀의 상태는 여전했다. 더욱이 오랜 시간 많은 양의 피를 흘린 탓에 이 상태로 계속해서 의식을 유지할지도 의문이었다. 지수는 정 여사에게 가장 시급한 응급조치가 무엇인지 너무나 잘 알고 있다. 응급조치만 받으면, 그 고비만 넘기면 정 여사는 앞으로도 계속해서 손에 쥐고 있던 사진을 놓지 않을 수 있다. 그랬기에 그녀는 결코 정 여사를 포기할 수 없었다.

지수가 휠체어를 발판 삼아 정 여사의 두 팔 사이에 손을 밀어 넣어 그 힘으로 그녀를 붙잡아 일으켰다. 처음엔 휠체어에 앉힌 다음 휠체어를 고정시켜 놓고 다시 한 번 힘을 주어 정 여사를 일으켜 세우고자 했다. 지수의 몸 전체에 땀이 맺혔고, 이마를 타고 흐른 땀방울이 눈꺼풀을 찔렀다.

한 번 더 정 여사의 두 팔 사이에 손을 밀어 넣곤 힘껏 일으켜 세운 지수가 마침내 정 여사의 엉덩이를 고정된 휠체어 등받이 위치에 올려 세우는 데 성공했다. 그때 지수의 손끝에 얼얼한 감각이 전달되었다. 팔에선 빠른 속도로 힘이 빠져나갔다. 가쁜 숨을 몰아쉰 지수는 혹시라도 정 여사가 몸의 균형을 잃고 쓰러질 것을 염려해 잽싸게 몸의 방향을 그녀의 몸 앞으로 이동했다. 자신의 등에 정 여사의 아랫배를 갖다 대게 했다. 그 상태에서 지수가 소리쳤다.

"지금이에요. 조심하세요!"

비명을 지르듯 소리친 지수가 정 여사의 엉덩이를 두 손으로

　　　　　　　　　　　너머의 세상

받치고는 힘껏 그녀를 엘리베이터의 열린 틈, 1층 복도로 밀어 올렸다. 한 번, 두 번, 휘청거리던 그녀의 몸이 복도 위로 밀려 올라갔다. 정 여사의 몸 자체는 가벼웠다. 하지만 그녀 자신이 아무 힘도 줄 수 없는 탓에 지수는 자신의 모든 힘을 쏟지 않으면 안 되었다.

힘겹게 정 여사를 올려 세운 지수가 그대로 무너지듯 엘리베이터 바닥에 주저앉고 말았다. 지수가 힘을 잃고 바닥에 주저앉은 탓에 한차례 요란한 소리를 낸 엘리베이터는 지하로 더 깊이 내려앉았다. 이젠 지수의 어깨가 복도 바닥과 수평을 이룰 정도였다.

지수는 눈을 뜨고 있었지만 눈앞이 캄캄했다. 내내 깜빡거리던 엘리베이터 전등이 마침내 모두 꺼져버렸다. 1층 복도에서 스며드는 주광이 아니면 사물의 식별이 어려워졌다. 1층에 올라선 정 여사가 힘겹게 지수를 불렀다. 그녀는 대답할 기운조차 나지 않았다. 그대로 벽에 등을 기대고 앉은 채 가쁜 숨을 몰아쉬었다. 바로 그때, 한 남자의 목소리가 들려왔다. 심하게 격양되어 있는 남자의 음성이었다.

"안에 있어요?"

"……"

남자가 몸을 숙여 엘리베이터 안에 주저앉은 지수를 바라봤다. 내내 숨을 몰아쉬던 지수가 고개를 들어 남자를 바라봤다.

붉은색 제복 차림에 119 마크가 선명한 모자를 착용한 남자였다. 유난히 큰 눈을 가진 남자가 지수를 걱정스럽게 쳐다보며 말을 걸었다.

"괜찮으세요?"

"예."

"전화하신 분인가요? 119에?"

"예, 맞아요."

"……"

남자는 거친 숨만 내쉴 뿐 아무 말도 하지 못했다. 그런 남자의 새하얗게 질린 얼굴을 올려다보며 지수는 말했다. 어떻게든, 무슨 수를 쓰든 살려내고 살아야 하기 때문에 그녀는 말해야만 했다. 할 말을 잃어버린 남자에게.

"지금 옆에 계신 분, 그분이 응급 환자예요."

"……"

"도와주세요."

"……"

"제발요."

13

눈앞의 세상이 가로막히면 정신이 아득해진다. 앞이 캄캄하면 캄캄할수록, 그 지독한 어둠의 늪에 빠져드는 순간 품게 되는 본능적인 정서는 절망일 수밖에 없다. 절망은 더 이상 앞으로 나아갈 수 없다는 것을 확신하게 될 때, 출구를 찾을 수 없다는 생각의 무게에 사로잡힐 때 절정에 다다른다. 지금의 우빈에겐 절망이 그를 사로잡은 모든 것이었다.

꼼짝할 수가 없었다. 몸의 감각이 남아 있는지조차 확인하기 어려운 갑갑함이었다. 차라리 우빈의 입속 가득 들어차 있는 수천, 수만 개의 돌 부스러기와 흙가루가 없었다면, 그래서 입을 우물거릴 때마다 식도를 타고 내려오는 역한 기운이 없었다면 우빈은 내내 정신이 돌아오지 않은 채 그대로 숨을 거두었을지도 몰랐다.

계단 창문을 뚫고 삽시간에 파고든 토사에 그대로 유기되어야 했던 우빈이 정신을 차린 순간, 그의 몸 위로 거대한 나무토막들이 포개어져 있었다. 다행인 건 밑동이 뿌리째 뽑혀나간 나무가 맨 위에 내려앉았는데, 그것이 우빈의 몸을 직접 짓누르지 않았다는 사실이었다.

우빈은 밭은기침을 연속해서 뱉었다. 그렇게 입안을 파고든 흙더미와 습기에 눌어붙은 나뭇잎 조각들을 뱉어냈다. 그러고는 고개를 세차게 휘저으며, 동시에 제 몸의 감각을 찾기 위해 몸 전체를 비틀었다. 그러자 손가락 마디에서 힘이 느껴졌다. 곧이어 발끝의 감각이 돌아왔다.

하지만 감각의 복원과 함께 통증도 찾아왔다. 정신을 차리고 손끝의 움직임을 확인한 직후 우빈은 왈칵 눈물을 쏟을 정도의 통증에 자신도 모르게 비명을 지르고 말았다. 우빈은 비명을 질러대며 두 발과 다리를 있는 힘껏 움직여보려 했다. 내내 강한 그 무언가가 자신의 몸을 짓눌렀기 때문이다.

소리를 지르며 팔을 움직이자 서서히 손이 움직이기 시작했다. 그때였다. 또 한 번 우빈의 얼굴 위로 흙더미가 쏟아졌다. 소리를 지르던 우빈의 입속으로 다시 한가득 흙가루가 내리덮었다. 우빈은 입을 다물고 손을 힘껏 들어올렸다. 그러자 내내 두 손을 짓누르던 흙더미로부터 벗어날 수 있었다. 우빈은 허공으로 벗어난 손을 사용해 자신의 얼굴을 덮어 누르던 흙더미와 나뭇가지들을 치워냈다. 기침은 여전했다.

우빈은 입에 흙덩어리와 함께 엉겨 붙은 침을 뱉은 후, 주위를 둘러봤다. 그의 시야에 가장 먼저 들어온 건 창문이었다.

우빈은 두 손으로 자신의 하반신을 내리덮은 흙더미를 밀어냈다. 그 행동을 수차례 반복하고서야 흙더미로부터 완전히 벗어날 수 있었다. 흙더미로 뒤덮인 층계는 처음 형태를 알아볼 수 없었다. 창문은 흙더미 위에 앉아 있는 우빈의 몸 바로 아래에 위치했다. 또한 뒤를 돌아보면 센서 등이 덮개가 깨진 채 겨우 천장에 부착되어 있었다.

우빈은 일단 창문 밖으로 빠져나갈 수밖에 없었다. 창문의 절반 높이 이상 토사가 밀고 들어왔기 때문에 내부에서 우빈이 움직일 수 있는 공간은 아예 없었다. 1층으로 내려가던 계단. 우빈이 마지막으로 목격했던 건 바닥에 떨어져 있던 5층을 가리키는 표지판이었다. 그 표지판을 발견하자마자 흙더미가 한순간에 건물을 향해 돌진했다. 댐에 내내 갇혀 있던 엄청난 수압의 물이 방류된 것처럼 쏟아졌다. 그랬기에 현 공간에서 정확한 높이를 측정하는 건 불가능했다. 최소한 자신이 어디에 있는지조차 확인할 수 없었다. 결국 우빈은 밖으로 나갈 수밖에 없었다. 이미 내려앉아 버린 건물 외벽으로.

우빈은 기어서 창문의 틈까지 이동했다. 그 사이로 상체를 내밀며 동시에 두 손으로 흙들을 치워냈다. 그래서 두 다리가 빠져나갈 공간을 확보했다. 우빈이 창문 밖으로 얼굴을 내밀었다. 그 순간 믿을 수 없는 광경이 그의 눈앞에 펼쳐졌다. 꿈을 꾸는 것만 같았다. 우빈의 눈에 들어온 세상은 그랬다.

옆 동은 건물 자체가 심하게 우측으로 기울긴 했어도 무너져 내릴 정도는 아니었다. 하지만 B동 상층부는 쓸려 내려온 나무와 흙더미를 감당하지 못하고 마치 토막 난 성냥개비처럼 무너져 내렸다.

우빈이 빠져나온 5층, 그 하층부 역시 원래 이곳이 어떤 곳이었는지 확인이 어려울 정도로 변해 있었다. 꼿꼿하던 건물이 수평으로 기울어지면서 모든 게 완전히 뒤바뀐 형국이었다. 아파트 전체가 폐허로 변해버린 것이다.

창문을 넘어 밖으로 나온 우빈이 힘겹게 일어섰다. 두 발은 창문 옆, 푸른빛 페인트로 도색되어 있는 타워팰리스 엠블럼을 밟고 섰다. 자리에서 일어난 우빈이 정면에 보이는 거대한 언덕을 바라봤다. 언덕 대부분을 차지하고 있던 토사는 이제 무너져 내린 B동에서 그 흔적을 드러냈다. 흙더미가 건물 전체를 잠식한 것이다. 흙과 나무, 박살 난 콘크리트와 철근들이 뒤엉킨 폐허. 이제는 바닥이 되어버린 벽면을 딛고 일어선 우빈이 소리쳤다. 주위를 둘러보며 외치고 또 외쳤다. 엄마가 가장 먼저 떠올랐고 연이어 가족들, 아빠와 누나, 할아버지가 입 밖으로 쏟아졌다. 누구든 불렀다. 그렇게 소리를 지르던 우빈의 눈에 어느새 눈물이 고였다. 눈물과 콧물, 침이 뒤엉켜 붙었다. 우빈은 여전히 입안에 한가득 남아 있는 흙먼지와 모래 탓에 쿨럭임을 계속했다. 그러면서도 울먹였다. 건물 외벽을 돌아다니며 소리쳤다. 누구라도, 그 무엇이라도 자신에게 반응해주길 마음속으로 간절히 기도했다.

그렇게 내려갈 수도 다시 올라설 수도 없는, 토막 난 건물의 잔해 위에서 서성거리던, 목이 쉬어 더 이상 누군가를 부를 힘도 없는 우빈이 결국 자리에 주저앉아 버렸다. 울음이 잦아들었다. 그때였다. 우빈의 귀에 소리가 들렸다. 희미하지만 분명한 울음소리, 강아지 울음소리였다.

울음을 멈춘 우빈이 눈물을 닦으며 다시 자리에서 일어섰다. 동시에 강아지 울음소리가 들리는 곳을 조심스럽게 따라갔다. 건물 안일까, 밖일까. 그렇게 몇 걸음 소리가 나는 곳으로 다가간 우빈이 걸음을 멈추고 밑을 내려다봤다. 방금 전 자신이 빠져나왔던 곳의 아래층 창문 너머에서 강아지 울음소리가 들렸다. 소리를 들은 우빈이 다시 엎드렸다. 엎드리곤 창문 안으로 고개를 밀어 넣고 누나를 불렀다. 얼굴조차 제대로 기억나지 않는, 흙더미가 쏟아지기 전만 해도 서로를 붙잡고 있었던 그녀의 이름을 절박하게 부르고 또 불렀다.

14

살아남은 주 대리가 현수 앞에 멈춰 섰다. 그 역시 얼굴과 팔목에 많은 피를 흘리고 있었다. 현수가 자신의 옷을 찢어 오른팔목을 지혈한 후, 그를 데리고 온 곳은 차도에 정차되어 있는 크레인 앞이었다.

예기치 못한 사태에서 살아남은 동료를 보고서 주 대리는 반가워했다. 하지만 그 반가움은 불과 몇 초도 지속되지 못했다. 현수는 다급하게 주 대리의 손목을 잡아끌었다. 그를 크레인 앞으로 끌고 와 간단한 조작 방법을 알려주기 시작했다. 그때 주 대리가 위를 올려다봤다. 사람들의 비명 소리가 까무룩 잦아드는 먼 곳, 저 20층에 사람들이 보였다. 그제야 주 대리는 현수가 자신에게 크레인 조작법을 가르쳐주려는 이유를 짐작했다. 짐작과 동시에 그의 낯빛은 차갑게 굳어버렸다. 그런 주 대리의 시선은 자연스럽게 무너진 입구를 향했다. 아직도 자신의 동료들이 무너진 입구 너머, 로비에 갇혀 있는 상태다. 저들을 구하기에도 다급하다는 생각이 들었다. 그 절박한 생각이 어느 순간 자신의 손을 잡아끈 현수의 손길을 뿌리치게 했다. 조작

너머의 세상

법을 가르쳐주다 말고 현수가 주 대리와 마주했다. 하지만 그 시간은 1초가 넘지 않았다. 현수는 다시 레버를 붙잡으며 조작법을 설명했다.

"이게 정지 시그널이고, 이건 기울기 조절하는 거야."

"도대체 뭐하는 거예요."

"내가 올라갈 거야. 방향은 저 위. 기울기 조절만 잘하면 돼."

현수가 손으로 가리킨 방향은 한껏 기울어진 금융 회사 빌딩 20층이었다. 현수의 의도가 더욱 명확해진 순간, 주 대리가 참았던 소리를 질렀다. 경악에 가까운 반응이었다.

"뭐하는 거냐고요, 부장님!"

"사람을 살려야 돼."

"사람이요?"

"그래."

"사람은 저 위에 있는 게 아니라 바로 저 무너진 입구에 있어요. 입구에 있다고요!"

주 대리의 손이 건물 입구를 가리켰다. 붕괴는 일회적으로 끝난 게 아니었다. 계속되는 여진에 그나마 지탱되고 있던 보와 기둥, 천장에 매립되어 있던 마감재들이 속속 비틀림을 견디지 못하고 무너져 내렸다. 사람들의 아우성이 들렸지만 누구도 도와주지 않았다. 단지 그들 각자의 힘으로 살아남을 수밖에 없었다. 주 대리가 말을 이었다.

"저 위의 사람들, 우리가 석 달 동안 목에 피멍이 들 정도로 소리쳤지만 얼굴 한 번 보여주지 않았어요. 그런 쓰레기들 살리자고 크레인을 타고 직접 올라가시겠다고요? 미쳤어요? 미쳤냐고요!"

"주 대리, 그만해. 그만하고 운전대 잡아."

"아, 씨발! 집어치워요. 집어치우라고!"

주 대리가 머리를 두 손으로 감싸 쥐었다. 현수는 그런 주 대리를 보며 안타까운 표정을 지었다. 이러지도 저러지도 못하고 주위를 서성거리던 주 대리가 성큼 현수 앞에 다가서서 그의 어깨를 붙잡았다.

"이 몸에 뿌린 석유는 뭐예요? 뭣 때문에 뿌린 거예요? 죽으려고, 죽을 각오로 뿌린 거잖아요. 누구 때문에 뿌린 거냐고요? 바로 저 인간들 때문이잖아요. 얼굴 한 번 보자고, 말 한 번 섞어보자고 한 거잖아요. 저게 인간이에요? 인간도 아니에요. 피도 눈물도 없는 괴물들이잖아요. 사람 아니잖아요."

말을 잇던 주 대리가 스스로 감정이 복받쳐 울먹였다. 지금의 사태를 주 대리도, 현수도 이해할 수 없었기에 둘은 사태의 원인에 대해 말할 수 없었다. 단지 이 느닷없는 현실에서 무엇을 선택해야 할지를 고민해야 했다. 현수의 결심은 저 위의 사람들, 피도 눈물도 없던, 고층 빌딩의 철옹성 속에 제 한 몸 보전하기 위해 밑의 사람들의 외침과 절규를 우습게 깔아뭉개던

너머의 세상

사람들을 구하기 위해 크레인을 가동시키는 것이었다. 현수는 다른 생각을 할 수 없었다. 아무 생각도 나지 않았다. 단지 자신의 목전에서 사람들이 죽어가고 있다는 것. 그 죽어가는 사람들 앞에 같은 사람으로서 모른 척 지나갈 수 없다는 것. 그 하나의 의지만이 현수의 현실을 규정지었다.

스스로 말을 거두고 참담한 표정을 지은 주 대리에게 현수가 한결 부드러운 음성으로 말을 건넸다. 항상 그랬었다. 현수는 이제껏 자신과 고락을 함께해온 사람들에게 한 번도 윽박지르거나 야단을 치지 않았다. 언제나 그랬듯 차분한 목소리로 설득해왔다. 이번에도 그럴 것이다.

"주 대리. 미안해. 하지만."

"……."

"저들도 사람이야."

"……."

"크레인이 있고, 사람들이 소리치고 있어. 일단, 눈에 보이는 저들부터 내리고 구조대가 출동하면 로비 안으로 들어가자."

"……."

"나 한 번만 도와줘. 부탁이야."

주 대리는 긍정도 부정도 하지 않았다. 단지 고개를 숙일 뿐이었다. 고개 숙인 주 대리가 크레인 조작 손잡이 하나를 손에 쥐었다. 이를 확인한 현수가 주 대리의 어깨를 가볍게 토닥였다. 그러곤 빠르게 이삿짐 운반 용도로 사용되던 크레인 상판에 부착해 놓은 팔레트 위에 올라섰다.

'덜컹' 하는 소리와 함께 팔레트가 움직였다. 크레인 조작 기술이 부족했던 탓인지 팔레트가 요동쳤고, 현수는 두 팔을 바닥에 대고 엎드렸다.

팔레트가 20층을 향해 오르기 시작했다. 현수는 계속해서 터져 오르는 폭발음, 건물 유리를 뚫고 튀어나오는 스프링클러 물줄기로 뒤덮인, 제 기능이 마비되어버린 통제 불능의 도시를 바라봤다. 그 바라봄 속에서 현수는 본능적으로 바지 주머니에 손을 넣어 휴대폰을 꺼냈다. 액정을 확인했다. 신호 세기가 현저히 약해져 있었지만 통화 불능은 아니었다. 현수는 다급한 손짓으로 방금 전 통화했던, 불안에 찬 목소리로 도움을 청하던 세영에게 전화를 걸었다. 두 번, 세 번, 신호는 갔지만 전화는 받지 않았다. 현수가 혀로 입술을 적셨다. 헝클어진 머리를 한 번 크게 쓸어 올렸다. 휴대폰을 귀에 대지 않고 눈으로 액정을 내려다보았다. 신호는 계속되었지만 결국 익숙한 여자 안내원의 멘트를 끝으로 종료되었다.

휴대폰을 손에 쥔 채 현수가 다시 건물 창가로 눈을 돌렸다. 어느새 크레인은 15층 높이까지 올라서고 있었다. 현수의 눈앞에 20층 사람들의 모습이 보이기 시작했다.

　　　　　　　　　　　너머의 세상

15

구급차에 올라탄 지수는 가장 먼저 정 여사를 눕힌 다음 구급대원에게 응급조치를 요구했다. 하지만 구급대원, 운전사 모두 지수의 말에 제대로 반응하지 못했다. 이십대 청년으로 보이는 구급대원은 멍한 표정만 짓고 있었다.

그녀는 확신했다. 차창 밖을 바라보는 그의 눈빛을 보며 그가 현재 상황에 대한 대처 능력 자체를 상실했음을 확인했다.

어쩔 수 없이 지수가 직접 산소호흡기를 꺼내 들었다. 예전 조무사 시절, 한 달에 두어 번은 응급 환자를 이송하기 위해 직접 구급차에 올랐다. 그때마다 촌각을 다투는 응급 환자에게 필요한 산소 공급 요령을 어깨너머로 배워 왔던 그녀였다. 이번엔 직접 지수가 넋이 빠져 있는 구급대원을 대신했다. 호흡기를 정 여사의 입에 갖다 댄 다음 전원 버튼을 눌렀다. 그러자 잠시후 전원이 들어오면서 자동으로 세팅되어 있던 호흡기가 정상작동을 시작했다.

구급대 운전사가 경광등을 작동시키고 사이렌을 울렸지만 차도 자체가 주행에 장애물이었다. 도로는 뜨거운 복사열에 장

시간 노출된 양철판처럼 심하게 구부러져 있었고, 수많은 운전자들이 차도 곳곳에 버려둔 차 역시 주행을 방해하는 커다란 장애물이었다.

구급대원은 머리를 숙였다. 그러고는 불안한 마음에 계속해서 휴대폰만 만지작거렸다. 백미러를 통해 구급대원의 모습을 바라본 운전기사가 말을 걸었다.

"통화 돼?"

"잘 안 돼요. 끊겼다가 접속되고 그러길 반복해요."

"인터넷은?"

"자꾸 접속이 끊어져요. 끊어지기 전에 잠깐 트위터 확인했는데……."

"뭐래? 도대체 뭐야? 무슨 일이래?"

"서울 서초, 강남 중심으로 진도 9.0 직하형 지진 발생."

"지진…… 그렇지, 지진이지."

"지진이란 말만 나와요. 다른 정보는 없어요."

"일단 병원으로 가보자. 그래야겠어."

'지진'이란 한 단어를 듣는 순간, 지수는 자신도 모르게 정 여사의 손을 더 힘껏 붙잡았다. 산소호흡기를 입에 댄 정 여사 역시 두 눈 크게 뜨고 그 한 단어, '지진'이란 말을 마음에 새기듯 듣고 있었다. 정 여사는 내내 지수를 바라봤다. 무언가 말을 하고 싶었지만, 그녀에겐 지금 말을 이어갈 만한 기운이 남

너머의 세상

아 있지 않았다. 서둘러 수혈하지 않으면, 근육무력증과 함께 찾아온 합병증 증세에 대한 응급조치가 있지 않으면 정 여사는 돌이킬 수 없게 될지도 모른다. 그 생각이 지수의 머릿속에서 떠나지 않았다. 자신을 보며 안타까워하는 정 여사의 눈빛 속에 담긴 속내를 모르는 건 아니다. 그렇지만 지수는 정 여사를 붙잡은 손을 놓을 수가 없었다. 지수의 눈 속에 가족은 영원한 향수로 박혀 있다. 그들을 먼저 찾고 싶지만 그렇지만 이 순간, 자신 앞에 생명을 맡긴 사람에 대한 책임을 다하지 않고선 그 어떤 것도 먼저 선행할 수 없다는 생각에 압도될 뿐이었다.

그 긴박함은 정 여사의 각혈을 보자마자 더 깊어졌다. 호흡기를 대고 있던 입에서 또다시 각혈이 시작되었다. 기침을 할 기운도 없던 정 여사의 입에서 핏물이 배어 나왔다. 호흡기를 입에서 뗀 지수가 컨트롤러 액정에 표시된 심장 박동수를 확인했다. 박동수는 빠른 속도로 가라앉았다. 지수가 내내 고개만 숙이고 있던 구급대원의 손목을 붙잡았다. 깜짝 놀란 구급대원이 고개 들어 지수를 바라봤다. 이내 그의 시선은 입가에 피를 흘리고 있는 정 여사를 향했다. 지수가 말했다.

"심폐소생술을 해줘요. 제가 팔에 힘을 쓸 수가 없어서, 부탁이에요."

구급대원이 엉겁결에 지수의 지시에 따랐다. 자리를 옮겨 앉은 구급대원이 박동수가 떨어지는 정 여사의 가슴에 대고 응급 심폐소생술을 시행하기 시작했다. 오랜 시간 익숙하게 반복해온 동작이었기에 망정이지, 지금 머릿속이 텅 비어 있을 구급대원이 만약 일반인이었다면 그는 그저 멍하니 정 여사를 바라보기만 했을지도 모른다.

　지수는 답답한 마음으로 운전석 앞 유리를 바라봤다. 도로의 지각변동은 모든 차량의 소통을 어렵게 만들었다. 구급차역시 더디게 움직이며 가다 서다를 반복했다. 그나마 지수와 운전사는 옛 백화점 건물 옆에 위치한 성심병원 건물 간판이 보인다는 것에 마음의 위안을 삼아야 했다. 가야 할 곳이 시야에들어온다는 것, 하지만 그곳까지 접근하는 데 얼마나 더 많은시간을 써야 할지는 가늠조차 어려웠다.

너머의 세상

16

결국 무너졌다. 비상구가 주저앉았다. 비상문 앞으로 급수
관이 무너져 내렸다. 갑작스런 비틀림을 이기지 못하고 플렉시
블 조인트가 해체된 것이다.

세영이 비상구 앞에서 멈춰 섰다. 급수관이 바닥에 떨어지
면서 비상구를 통해 탈출하려던 사람들이 비명을 지르며 물러
섰다. 비상문을 붙잡고 있던 남자는 급수관에 정통으로 머리를
맞아 그 자리 그대로 쓰러지고 말았다. 바닥에 쓰러진 남자의
머리에서 검붉은 핏물이 흘러내렸다. 동시에 급수관을 타고 흐
르던 물줄기가 강력한 수압으로 터져 나와 사방으로 튀어 올랐
다.

갑작스런 물줄기가 세영의 머리 위로 파고들었다. 순간 짧은
비명을 지른 세영이 그 자리에 주저앉았다. 가공할 만한 수압의
물줄기가 쏟아지자 세영은 자신도 어쩌지 못하고 물에 떠밀려
야 했다. 물세례를 받은 세영은 점점 비상문으로부터 멀어졌다.
곳곳에서 가스 폭발 소리가 들리고, 지하 1층 바닥 타일 곳곳
에서는 구멍이 생겼다.

물을 피한 세영의 등에 무언가가 닿았다. 고개 돌려 뒤를 돌아보자 그녀의 눈에 믿을 수 없을 정도의 식자재 탑이 나타났다. 커다란 구멍이 뚫린 천장엔 부서진 콘크리트 자재가 보였고, 공조기가 본래 수평이던 설치 상태에서 벗어나 한껏 위로 솟구쳐 있었다.

지하 1층 식품 매장의 중심부가 가라앉은 것을 확인했을 때였다. 세영은 어떻게든 1층으로 올라가야겠다는 생각을 할 수밖에 없었다. 여진은 계속되었다. 바닥은 계속해서 상하좌우 가리지 않고 흔들렸다. 지하 매장은 계속해서 가라앉는 것 같았다. 벽면에서 실금들이 급격하게 확산되며 붕괴의 징후를 더 강하게 드러냈다. 세영의 눈에 비친 지하 1층은 얼마 안 가 무너져 내릴 것만 같은 위태로움, 그 자체였다.

세영이 주위를 두리번거렸다. 1층, 지상의 세계로 올라갈 수 있는 방법을 찾아야 했다. 어떻게든 올라가고 싶었다. 형광등 불빛이 점차 사라져갔다. 전기가 끊기면서 천장에 잔해처럼 매달려 있던 전등 역시 빠른 속도로 꺼져갔다.

무빙워크와 비상구, 두 개의 통로가 세영의 눈에 들어왔지만 그녀는 둘 다 진입이 어려운 상태임을 실감했다. 무빙워크 위로 천장 마감재가 무너졌고, 1층에서 추락한 가전제품들이 무빙워크의 진행로 전체를 가로막아 버렸다. 그건 급수관과 잡자재로 에워싸인 비상구 역시 마찬가지였다.

세영의 시선은 자신이 주저앉아 있는 매장의 중심, 가장 가라앉아 있는 이곳에 집중되었다. 세영은 자신의 머리 위, 천장을 올려다봤다. 틈새로 1층 불빛이 보였다.

그녀는 선택의 여지가 없었다. 급작스럽게 가라앉은 탓에 한 구역으로 퇴적된 생필품 더미를 타고 올라 공조기를 딛고 1층으로 올라서는 방법 외에 달리 1층에 접근할 수 있는 길은 없었다.

자리에서 일어선 세영이 바닥을 내려다봤다. 또다시 균열이 시작되었다. 지하 3층에서부터 냉동기 컴프레서 폭발 소리가 들려왔다. 가스 누출 역시 급속한 속도로 진행되었다.

바닥을 내려다보던 세영이 걸음을 옮겨 몸을 숙였다. 그러곤 바닥에 떨어진 휴대폰을 손에 쥐었다. 세영은 자신의 단체복 바지 주머니에 손을 넣어보았다. 자신의 휴대폰은 있지 않았다. 냉동 창고가 구십 도 가까이 뒤틀렸을 때 몸의 균형을 잃고 쓰러지면서 휴대폰도 함께 휩쓸려버린 것을, 세영은 그제야 확인할 수 있었다.

휴대폰이 여러 개 떨어져 있었다. 세영은 한 개만이 아니라 두 개 더 손에 쥐어 호주머니에 밀어 넣었다. 이때, 세영의 귀로 소리가 들려왔다. 누군가의, 사람의 휘파람 소리를 닮았다. 지하 1층 사람들의 비명이나 울음에 묻혀 제대로 들리지 않았던 소리가 점점 더 증폭되고 있음이 실감되었다. 휘파람 소리를 닮왔지만 사람의 입술에서 배어 나오는 소리라고 하기에 소리는 점점 더 커져만 갔다. 일순, 세영의 온몸에 소름이 돋았다. 형광등이 명멸하고 있었다. 지하는 형광 불빛이 사라지면 철저한 암흑 속으로 빠져들게 된다. 이곳이 그렇다.

세영은 결국 식자재 탑 위를 오르기 시작했다. 그녀가 손을 뻗고 발을 내딛자마자 '우르르' 무너지는 소리가 들리며 바닥에 주저앉았다. 그렇지만 그녀는 포기하지 않았다. 어떻게든 올라가야 한다는 생각으로 다시 일어서서 필사적으로 손을 뻗었다.

17

소녀를 가슴에 끌어안은 최인보가 사람들이 움직이는 곳의 반대편으로 걸음을 옮겼다.

차량에서 벗어난 사람들은 대교가 끊어진 곳은 아예 바라보지도 않았다. 절단된 다리를 건너겠다는 건 아예 한강으로 빠져버리는 일이라 생각했던 사람들은 일단 반대편으로 걷기 시작했다. 차에 미련을 가진 운전자들은 여전히 운전석에 앉아 다시 한 번 시동을 걸고 차량을 움직이려 했지만 역부족이었다. 갈지자 모양으로 불규칙하게 가로막힌 차량들 틈새를 뚫고 빠져나간다는 것 자체가 불가능에 가까웠다.

최인보가 다리의 절단면 앞에 멈춰 섰다. 급경사를 이루고 있어서 끄트머리에선 거의 엎드리다시피 해야 했다. 그때 소녀는 힘들어하는 최인보의 목에서 손을 풀어내고 바닥에 내려앉았다. 그렇지만 소녀는 최인보를 따랐다. 사람들이 움직이는 곳으로 가지 않았다.

최인보가 소녀를 뒤돌아봤다. 그는 묻고 싶었다. 혼자 남은 소녀의 부모님은 어디 있는지, 집은 어디인지, 이름은 무엇인지. 하지만 수많은 질문들이 단지 머릿속에서 정리가 덜 된 책들처럼 어질러져 있을 뿐 결코 표현되지 않았다. 그저 말없이 소녀를 내려다보며 웃어 보일 뿐이었다.

소녀는 할아버지의 웃음을 믿기로 했다. 소녀는 이제껏 단한 번도 본 적이 없었다. 누구도 자신을 보며 최인보처럼 환하게 웃어준 사람이 없었다. 그는 웃었다. 반쯤 빠져나간 앞니, 검버섯으로 가득한 얼굴 근육을 최대한 사용해 잇몸까지 훤히 드러내며 웃어 보였다. 소녀는 최인보의 웃음을 계속 보고 싶었다. 그래서일까. 소녀는 다시 한 걸음 최인보에게 다가가 그의 손을 잡았다. 기운을 차린 최인보가 이번엔 소녀에게 등을 보이고 엎드렸다. 소녀가 그렇게 자신에게 등을 보인 최인보에게 업혔다.

최인보가 다시 일어섰다. 잘려나갔다고는 하지만 대교가 완전히 끊긴 것만은 아니었다. 대교의 속살 같은 에이치 빔과 상판 한 개가 비록 꽈배기처럼 좌우로 뒤틀려서 변형되었지만 잘려나간 양 절단면 사이를 유일하게 연결해주고 있었다. 서로를 바라보며 솟아오르다 부러진 대교를 잇고 있는 상판을 바라보던 최인보. 그의 등에 업힌 소녀가 태연하게 말을 걸었다.

"건널 거예요?"

"응."

"왜요?"

　　　　　　　　　　너머의 세상

"응?"

"왜 건너냐고요?"

때맞춰 세찬 바람이 불었다. 하늘의 먹구름은 더욱 짙어졌다. 최인보는 생각했다. 생각하고 또 생각했지만 그럴수록 머릿속은 더 어지러웠다. 복잡한 실타래처럼 뒤엉켜만 갔다. 그럼에도 최인보의 생각 속에선 단 한 가지 혼란스럽지 않은 길이 보였다. 단 한 가지 분명한 길. 그 길이 최인보의 눈앞에선 잘려진 대교, 그 너머에 있었다. 그랬기에 이 아슬아슬한 건넘을 감행할 수밖에 없다. 그에게 갈 곳을 알려주고 있는 단 하나의 길이었으므로. 한참 동안 멈춰 서서 생각에 잠긴 최인보가 소녀에게 들려준 답 역시 단순하고 분명했다. 그럴 수밖에 없었으리라.

"가야 하니까."

"어디로요?"

"그곳에."

"그곳?"

"응. 그곳에 가야 해. 난 가야 해."

"그렇구나."

"그러니까 건너야지."

"나도 같이 건너요. 괜찮죠?"

소녀의 마지막 질문에 최인보는 말없이 웃음만 지었다. 승낙도, 거부도 하지 않았다. 그는 그대로 상판 위에 첫걸음을 내딛었다. 상판의 폭은 성인 남자 한 명이 똑바로 서면 꽉 찰 정도로 협소했다. 마치 외줄을 걷는 듯한 위태로움이 가득했다. 더욱이 상판은 평평한 기울기도 아니었다. 연결된 방향 또한 기하학적으로 비틀려 있었기에 한 걸음 한 걸음 신중하지 않으면 안 되었다.

한 발을 상판에 내디딘 최인보가 몸의 중심을 더 분명히 하기 위해 소녀를 다시 등에서 내려 가슴에 끌어안았다. 최인보의 기억은 더더욱 캄캄해졌다. 가족 구성원에 대한 생각도, 자신이 어떻게 이곳에 있게 되었는지, 이 다리가 왜 이렇게 변해버렸는지에 대한 최소한의 지각도 머릿속에서 휘발되어버렸다. 그렇지만 그 아슬아슬한 기억 속에서도 분명한 것, 단 한 가지가 최인보로 하여금 걷게 했다. 놀랍도록 침착한 집중력을 갖도록 이끌었다. 십오 미터가량 되는 잘려나간 대교 사이를 건너저 너머의 세상으로 나아가야만 한다는 한 가지 집념, 그 집념이 최인보로 하여금 한 걸음을 더 나아가게 만들었다.

스무 걸음 정도 옮겼을 때였다. 최인보와 소녀는 대교의 양절단면 사이, 그 중심에 위치했다. 소녀는 최인보의 목을 두 손으로 끌어안고서 내내 감았던 눈을 뜨지 않았다. 그러던 소녀가 감았던 눈을 열었다. 갑작스럽게 멈춰 선 최인보의 상태를 확인하기 위해 눈을 뜬 건 아니었다.

최인보가 가만히 고개를 돌렸다. 바로 밑으론 잔잔히 물결치는 한강의 짙푸른 물길이 보였다. 둘의 몸으로 거칠게 바람이 날아들었다.

멈춰 선 최인보가 걸어온 반대편으로 고개를 돌린 이유는 소리가 들려왔기 때문이다. 엄청난 폭발음. 고개를 돌렸을 때 최인보의 눈에 가장 먼저 들어온 건 짙푸른 허공으로 치솟는 검푸른 불꽃이었다.

폭발 발생원은 최인보가 내렸던 버스 바로 뒤편에 전복된 대형 탱크로리였다. 엔진 과열 상태에 주유구에서 흘러내린 기름이 접촉되다 끝내 폭발을 일으키고 말았다.

화염의 기운은 가공스러웠다. 삽시간에 검붉은 화마 안으로 주위에 모여 있던 모든 걸 삼켜버렸다. 차를 버리고 반대편으로 뛰어가던 사람들, 차 안에 남아 있던 사람들, 차 밖에 나와 발만 구르던 사람들 모두 탱크로리의 폭발과 함께 불길 속에 휘감겨버렸다. 그 자리에서 불길에 휩싸인 차량들이 연쇄 폭발하기 시작했다. 보닛이 허공으로 치솟았고, 차체 전체가 폭발과 함께 공중으로 들려 올라갔다.

가만 멈춰 선 최인보가 소녀를 바라봤다. 검은 불꽃들이 파편처럼 최인보가 서 있는 곳까지 파고들었다. 소녀가 놀란 표정으로 최인보를 바라봤다. 그의 목을 감싸고 있는 손에서 뜨거운 감각이 느껴졌다. 하지만 소녀는 목을 감은 손을 결코 놓지 않았다. 아무리 뜨거워도 놓지 않기로 작심한 듯 이를 악물고 더 힘껏 최인보에게 매달렸다.

최인보의 등에 불꽃 파편이 옮겨 붙었다. 가혹한 열기가 그의 등을 휘감았다. 하지만 최인보는 그 자리 그대로 꼼짝하지 않았다. 한 발자국만 비틀거리면 그대로 떨어질 것이기에 그는 여전히 얼굴은 웃고 있었지만 필사적으로 고통을 참아내야만 했다.

최인보가 하늘을 올려다봤다. 그러자 그의 주름 가득한 얼굴 위로 세찬 빗방울이 하나둘씩 빠른 속도로 떨어지기 시작했다. 짙은 먹구름을 등에 업은 소나기가 쏟아지기 시작한 것이다. 최인보는 하늘을 바라보면서 자신의 품에 안겨 있는 소녀를 더 힘껏 가슴팍으로 끌어당겼다.

18

20층 높이에 다다른 크레인은 안착 지점을 확보하지 못했다. 건물이 기울어진 탓에 수평, 수직 이동만이 가능한 크레인 팔레트가 정확히 20층 창문으로 접근한다는 것은 여간 까다로운 일이 아니었다.

주 대리는 더 이상 현수의 지시에 불만을 갖지 않았다. 거의 처음 접해보는 크레인 조절 손잡이였지만 그는 팔레트 위에서 현수가 보내는 수신호에 따라 조금씩, 조금씩 크레인을 20층 사무실 창문까지 최대한 밀접하게 만드는 데 온 신경을 기울였다.

팔레트 위의 현수는 제대로 서 있지 못했다. 지상에서 주 대리가 제아무리 조심스럽게 기구를 조작한다 해도 그는 한 번도 레버를 붙잡아본 적이 없었다. 주 대리가 높낮이를 조절할 때마다 팔레트는 심하게 덜컹거렸다. 그 위에서 현수는 두 팔을 바닥에 밀착시키고 몸을 최대한 낮췄다. 혹시라도 생길 팔레트의 기울어짐을 막기 위해 필사적으로 균형을 잡았다.

한 번, 두 번, 높아졌다 낮아졌다를 반복하며 덜컹거리는 팔레트 위에 선 현수의 눈에 20층 사무실 내부가 점점 더 뚜렷하게 들어왔다. 대형 중역 회의실로 마련된 20층 내부는 밖에 있던 현수가 생각했던 것보다 훨씬 더 참혹했다. 좌우로 흔들리는 일반 지진과 달리 지각판 자체가 수직으로 어긋나버린 잔인한 난폭함 탓이었을까. 건물 내부는 계속되는 비틀림을 견디지 못하고 천장의 절반 이상이 무너져 내렸다. 출입구가 일그러졌으며, 내부 집기 전체가 쓰러졌고, 바닥 또한 대부분의 마감재가 뜯겨져 나간 채로 구멍을 드러냈다.

20층에 모여 있던 사람들은 대부분 창문 라디에이터 난간에 몸을 맡긴 채 현수의 구조를 절박하게 기다렸다. 그들은 현수가 올라탄 팔레트가 가까이 다가올 때마다 부질없이 손을 뻗었다. 그건 어떻게든 이 고립된 곳으로부터 벗어나고 싶은 몸부림이었다.

경사진 창문에 최대한 접근했다고 판단한 현수가 지상의 주 대리에게 주먹을 흔들며 스톱을 외쳤다. 저 높은 곳에서 들려온 '스톱' 소리에 주 대리가 재빨리 조작을 멈췄다. 그런 그의 시선은 내내 20층 사무실을 향하고 있었다.

팔레트와 20층 창문 사이엔 일 미터 정도의 간격이 있었다. 대략 삼십 도 정도로 비틀린 건물 구조 탓에 현수는 그 이상 접근해 창문 안으로 팔레트를 밀어 넣게 될 경우, 오히려 사람들의 팔레트 탑승이 어려울 것으로 판단했다. 그래서 그는 선택했

너머의 세상

다. 차라리 약간의 거리를 두는 쪽으로.

자리에서 일어선 현수가 사무실 안을 둘러봤다. 창문 난간에 절박함으로 웅크리고 있는 사람들을 살폈다. 모두 스무 명이 넘었다. 위층 사무실에서 내려와 합류한 인원도 눈에 뜨였고, 무엇보다 근 삼 개월 만에 처음으로 얼굴을 대하는 사장의 얼굴이 눈에 들어왔다.

"구명 로프! 구명 로프 던져요!"

현수가 손으로 창문 맨 우측을 가리켰다. 자동 커튼월 구조로 마감된 층마다 창문 최우측에 비상시에 사용되는 인명 구조용 와이어로프가 비치되어 있다는 게 기억났다.

"구명 로프!"

제대로 알아듣지 못하는 사람들에게 다시 한 번 현수가 소리치자 그제야 현수의 손이 가리키는 방향을 바라보던 양복 차림의 한 남자가 눈치껏 몸을 일으켰다. 그러더니 곧 현수가 말한 와이어로프를 어깨에 둘러메고 창문 난간으로 돌아왔다. 현수의 요구에 따라 남자가 그것을 힘껏 던졌지만 팔레트 난간에 부딪히고 말았다.

모서리에 부딪힌 와이어로프의 매듭이 끊어지면서 찰나의 속도로 로프가 풀어져 팔레트 밑으로 떨어졌다. 현수는 순간적으로 로프를 붙잡기 위해 손을 뻗었고, 로프를 붙잡는 순간 발의 균형을 잃고 팔레트 모서리 옆으로 몸의 중심이 이동되었다. 절체절명의 찰나, 20층 내부에 있던 사람들이 비명을 질렀다. 로프를 손에 쥔 현수가 가까스로 몸의 균형을 되찾고 팔레트 중심으로 돌아갔을 때였다. 안도하는 사람들의 탄성이 들렸고, 현수는 망설임 없이 로프를 팔레트 상판을 받치고 있는 크레인 기둥에 동여맸다.

로프를 묶은 현수가 다른 한편의 로프를 손에 움켜쥐고 20층 창문을 향해 주저 없이 몸을 던졌다. 일 미터의 폭을 건너뛴 현수가 사무실 안으로 들어왔다. 현수는 가장 먼저 라디에이터의 접이식 덮개를 열어젖혔다. 그러자 라디에이터 내부가 드러났다. 건물의 장력을 지탱하는 철근 콘크리트가 보였다. 현수는 로프를 철근에 묶어놓은 다음 자리에서 일어섰다. 중역 회의실을 둘러본 그의 얼굴이 씁쓸해졌다. 모든 것이 엉망이 되어버린 후에야 이곳에 들어오게 된 것이 못내 아쉽게만 느껴졌다.

"모두 몇 명이죠?"

현수가 난간에 모여 웅크리고 앉은 사람들에게 물었다. 그들은 얼마나 많이 모여 있는지 수효조차 알지 못했다. 중역들로 보이는 남자들이 대부분이었고, 비서로 보이는 젊은 여자 둘도 눈에 뜨였다.

"여자분 먼저 팔레트에 올라타세요. 간격이 있으니까 조심해서 건너뛰어야 합니다."

그렇게 말한 현수가 중역 회의실에 위치한 대형 문을 바라봤다. ㄱ자 형태로 구부러진 문 너머로 무너진 복도의 모습이 보였다. 엘리베이터도. 비상계단으로의 탈출도 어려운 상태에선 크레인으로 내려가는 방법이 최선일 수밖에 없었다.

여자들이 먼저 힘겹게 크레인 팔레트 위에 올라탔다. 현수는 두 번 나눠 타야 한다는 말을 남기며 차례대로 사람들을 팔레트에 태우기 시작했다. 열 번째 사람의 손목을 붙잡고 일으켰을 때였다. 그가 다른 손으로 현수의 손을 붙잡았다. 현수가 그 사람과 눈을 마주했다. 윤정우. 그였다. 그를 보는 순간 현수의 눈빛이 희미하지만 분명하게 흔들렸다.

삼 개월 전 그날. 그날의 기억이 윤정우를 바라보는 현수의 시선 속에서 새삼스러운 사실감으로 복원되었다.

월요일 아침 출근일. 그날도 다른 날과 다름없이 평사원들보다 30분 더 이른 시각에 서둘러 출근하는 현수를 낯선 제복 차림의 경호업체 직원들이 정문에서 가로막았다. 문자메시지 확인하는 일에 둔감한 현수에게 평소에도 잘 알고 지내던 본사 총무과장이 내려와 문자메시지를 확인해보라는 말만 남기고 떠나갔다. 끝내 로비 안으로 진입조차 못한 현수가 정문 밖에서 확인한 문자메시지엔 '경호업체 계약 해지로 귀사 소속 직원들의 출입을 월요일 이후부터 금합니다'란 짤막한 해고 통보가 적혀 있었다.

그걸로 끝이었다. 회사로부터 온 팩스와 이메일 한 통, 그리고 용역업체 직원 일동에게 전송된 한 통의 단체 문자메시지. 그걸로 십여 년간 머슴처럼 부리던 시설, 경호업체 직원들을 차가운 거리 바닥으로 내몰아버린 사장 윤정우. 비정한 해고 통보 후 석 달 동안 단 한 번도 모습을 나타내지 않았던 그가 지금 현수의 손을 붙잡은 것이다.

윤정우를 바라본 현수는 말문을 열고 싶었다. 하지만 입이 열리지 않았다. 무언가 말을 하려 해도 그건 서로가 살아남은 후의 일이었다. 일단은 모두가 살아남아야 한다. 모두가 사람이니까. 살아 있어야 할 의무를 가진 사람이니까.

윤정우도 마찬가지로 말문을 열고 싶었지만 현수와는 마음이 달랐다. 그는 자신이 20층에 갇혀 있는 동안 사람이 아니었다고 말하고 싶었다. 투정이라도 좋으니 변명하고 싶었다. 그 변명은 현수가 아니라 자기 자신을 향한 것이었을지도 모른다.

잠시 동안 현수의 손을 놓지 않던 윤정우가 부끄러운 듯 고개를 반쯤 숙이고서 한마디 남기고는 서둘러 팔레트 위로 올랐다. 그 한마디를 들은 현수가 사장으로부터 눈을 떼지 못했다. 가슴이 아렸다. 그뿐이었다.

"미안했네."

"……"

"정말이야, 최 부장."

"그만 말씀하세요."

너머의 세상

"미안해."

"내려가신 다음에, 저 밑에서 말씀하세요."

"최 부장, 난 말이야."

"저 밑에서, 저 밑에서요."

윤정우의 진심은 무엇일까. 현수는 정말 알고 싶었다. 세상이 무너진 뒤에야 미안하다고 말할 수밖에 없는 진심에 대해 알고 싶어 견딜 수 없었다. 그 절박한 의문과 아쉬움을 잠시 접어둬야 했던 현수는 철근에 묶어놓은 노끈을 풀어내곤 주 대리를 향해 손을 흔들어 보였다. 크레인의 조심스러운 하강이 시작되었다.

19

　건물 외벽 위에 선 우빈이 계속해서 고함을 질렀다. 누군가를 찾았는데, 그 누군가의 이름조차 기억나지 않았다.

　우빈의 생각이 멈췄다. 모든 것이 무너진 폐허 위에 결박되어 버렸다. 그럼에도 우빈의 몸은 움직였다. 무너져버린 외벽을 타고 내리는 아슬아슬한 움직임이 계속되었다.

　차량의 클랙슨, 사람들의 살려달라는 비명 소리, 아파트 바닥으로 추락하는 집기들의 무너짐 소리가 간헐적이지만 지속적으로 들려왔다. 하지만 우빈의 귀엔 단 하나의 소리만이 들렸다. 그 소리가 들려야만 했다. 그리고 우빈은 움직여야 했다. 강아지 울음소리, 이름조차 모르는, 하지만 우빈과 방금 전까지만 해도 함께 있었던 미연의 가슴에 안겨 있던 강아지 울음소리가 들리는 곳으로 가야만 했다.

　소리는 외벽을 타고 실낱같은 바람 소리와 함께 들려왔다. 수많은 나뭇가지와 흙더미가 덮어버린 외벽의 내리막을 걷는 일은 한 걸음 한 걸음이 위태로웠다. 우습게 흙더미가 무너지면서 그대로 주저앉아 버리거나 쓰러지는 일이 그야말로 몇 걸음에 한 번씩 일어났다.

그렇게 아슬아슬하게 외벽을 타고 소리가 들리는 곳에 멈춰 선 우빈이 주위를 둘러봤다. 무너진 B동이 마지막으로 보였다.

직각으로 구부러진 가로등, 밑동째 뽑혀버린 거대한 나무, 검붉은 흙더미와 수많은 돌들, 더 이상 한 걸음도 옮길 수가 없는 막다른 곳에서 강아지 울음소리가 들렸다.

우빈이 서 있는 그 자리에서 소리쳤다. 발을 구르며 애원했다. 그럴수록 강아지 울음소리는 미약하게나마 점점 더 강렬해졌다.

발을 구르던 우빈이 갑작스럽게 동작을 멈췄다. 그 자리 그대로 멈춰 선 우빈이 숨죽였다. 우빈의 침묵에도 강아지 울음소리는 한층 더 거칠게 계속되었다.

우빈의 시선이 소리를 따라 옮겨 갔다. 고개를 숙여 바닥을 내려다봤다. 붉은 흙과 작고 모난 돌무더기가 함부로 쌓아올려진 바닥. 돌과 흙의 틈새로 소리가 들렸다. 그 틈새를 가만히 들여다보던 우빈의 눈에 점점 돌과 흙 표면에 물이 젖어드는 것이 보였다.

우빈이 다시 미친 듯 발을 구르기 시작했다. 처음엔 두 발만으로 돌무더기와 흙더미를 치워내더니 그것만으론 성이 차지 않았는지 그 자리에 엎드려 두 손으로 바닥을 헤쳐내기 시작했다.

한두 번, 손발로 흙더미를 치워내면서부터 우빈의 신발과 두 손이 물기에 젖어들기 시작했다. 흙더미가 파헤쳐지고 외벽의 형체가 드러날수록 강아지 울음소리도 그에 비례하여 커졌고, 물의 흐름과 수량도 증폭되었다.

그러던 어느 순간, 푸른색 테이프로 휘감긴 급수 밸브에서 거대하고 강한 물줄기가 튀어 올랐다. 내내 억눌려 있던 물길이 흙무더기의 틈새를 뚫고 터져 오른 것이다. 동시에 우빈의 자리가 무너져 내리며 그의 몸이 건물 안으로 그대로 빠져들었다. 우빈은 비명을 지르며 벽면의 어떤 것이라도 잡아내기 위해 사정없이 손을 휘저었다. 하지만 소용없었다. 이미 녹아내릴 정도의 점도가 되어버린 흙더미는 우빈의 손에서 그대로 미끄러졌다.

우빈의 몸이 바닥과 충돌하는 순간, '첨벙' 하는 커다란 물소리가 들렸다. 물속에 빠진 우빈이 허우적거리며 수면 위로 다시 얼굴을 내밀었다. 고개를 흔들어 물기를 털고 눈을 떠보니 잿빛 계단 위로 몇 개의 모터와 배관, 그 배관들을 연결한 패널이 놓여 있는 공간이 보였다. 물은 공간의 삼분지 이가량 높이까지 차올라 있었다. 급수 밸브에서 물이 끊임없이 터져 나왔지만 어디서 밸브를 잠글 수 있을지 우빈은 알지 못했다. 다만 필사적으로 팔과 다리를 허우적거리며 붙잡을 곳을 찾아야 했다. 그렇게 움직이는 와중 우빈의 귀에 소리가 들렸다. 강아지

너머의 세상

울음소리가 지나칠 정도로 크게 들려왔다. 우빈이 반사적으로 고개를 들었다. 강아지는 아직 물이 닿지 않은 패널 위에 웅크리고 앉아 있었다. 물에 흠뻑 젖은 흰색 말티즈. 유난히 큰 눈동자를 가진, 미연이 가슴에 안고 있던 강아지였다. 그런데 미연이 없다. 강아지만 보이고 그녀가 보이지 않았다. 가쁜 숨을 몰아쉰 우빈은 잡을 곳을 찾기 위해 더 힘껏 두 손과 두 다리를 휘저어댔다.

20

천신만고 끝에 구급차가 병원 응급실에 도착했을 때였다. 봉고차 문을 열고 걸어 나온 구급대원이 뒷걸음질 쳤다. 지수가 따라 내려 뒷문을 열어줄 것을 이야기했지만 그는 듣지 않았다. 듣지 못한다고 말하는 게 더 정확할지도 모른다.

운전사도 마찬가지였다. 운전사는 차에서 내려 한달음에 완벽히 무너져 내린 주차장 쪽으로 달려갔다. 구급대원은 두 손으로 모자를 붙잡고 이리저리 갈팡질팡하더니 바지 주머니에서 또다시 휴대폰을 꺼내 그 자리에 주저앉았다.

더 이상 구급대원의 도움을 받기 어렵다는 걸 깨달은 지수는 구급차 밖으로 나와 직접 차 뒷문을 열었다. 이어 침상에 누워 있는 정 여사를 끌어 내린 다음 응급 이동식 침대로 옮겼다. 구급대원은 그런 지수를 내내 멍한 표정으로 올려다보고만 있었다.

응급실 복도 안으로 들어왔을 때였다. 그때까지만 해도, 응급실 자동문을 지나 또 하나의 자동문이 보이는 복도 초입에 들어설 때까지만 해도 천장 형광등은 제 기능을 다하고 있었다. 하지만 그것도 잠시였다. 정 여사를 눕힌 이동식 침대를 끌고서 복도로 들어온 직후, 응급실을 밝히던 불빛이 일제히 꺼졌다. 순간, 지수가 멈춰 섰지만 그야말로 그녀에겐 찰나에 지나지 않았다. 천장의 형광등이 나가자마자 벽면에 부착된 비상등이 켜졌고 지수는 그대로 정 여사의 이동식 침대를 앞세워 빠른 걸음을 옮겼다.

두 번째 자동문이 열리지 않았다. 자동문 버튼을 수차례 반복해서 눌러봤지만 소용없었다. 참다 못한 지수가 자동문을 주먹으로 두들겼다. 불투명한 유리 너머로 희미하지만 분명한 검은 그림자가 꿈틀거렸다.

주먹으로 문을 두드리는 것도 소용이 없자 지수가 주위를 두리번거렸다. 이동식 링거 받침대가 그녀의 눈에 들어왔다. 한 걸음에 달려가 받침대를 거꾸로 붙잡은 지수가 비교적 날카로운 철제 막대 부분을 여닫이 틈새에 끼워 넣곤 반대편 방향으로 힘껏 밀어냈다. 자동문이 조금씩 벌어지기 시작했고 그러자 내부에서도 간호사로 보이는 한 여자가 다가왔다.

"도와주세요!"

지수가 소리쳤다. 갑작스런 정전으로 우왕좌왕하던 간호사가 지수의 말을 듣자마자 서둘러 자동문 앞에 손을 갖다 대곤 지수와 함께 자동문을 열어젖혔다.

문이 열렸고 지수가 응급실 병동 안으로 정 여사의 이동식 침대를 밀고 들어갔다. 하지만 누구도 정 여사를 향해 다가오지 않았다. 모두들 밀랍 인형처럼 비상등의 희미한 조명에만 의지한 채 그 자리 그대로 서 있었다. 병동 내부 사정도 엉망이었다. 천장 중심이 내려앉았고 엑스레이 촬영실, 의약품 벽장 등이 무너져 내린 상태여서 병동을 제대로 꾸릴 수 있는 환경과는 거리가 멀어 보였다.

지수는 안타깝게 주위를 둘러봤지만 간호사 두 명과 행정직원은 그저 서 있을 뿐이었다. 그들은 이 상황을 지켜보는 것 외엔 다른 아무런 조치도 취하지 못했다. 의사는 보이지도 않았다. 대신 넘쳐나는 건 환자용 침대에 누워 있는 응급 환자들과 보호자들이었다. 침대를 확보하지 못한 응급 환자들은 무너져 내린 바닥 아무 곳에나 자리를 깔고 누워버렸다.

지수는 자신도 모르게 정 여사의 손을 붙잡았다. 그녀의 오른손엔 여전히 한 장의 사진이 쥐어져 있었다. 지수는 더 힘껏 그녀의 손을 쥐었다. 정 여사의 마지막 희망인 사진이 그녀의 손에서 떨어지지 않도록.

너머의 세상

21

짙은 먹구름 떼가 한차례 쏟아낸 소나기를 온몸으로 받아낸 최인보가 소녀를 부둥켜안고서 한참 동안 부동의 자세로 앉아 있었다.

거친 비바람이 몰아치는 상판 위, 최인보는 무릎을 꿇고 앉아 고개를 숙이고 있었다. 빗물이 더 거칠게 흩뿌릴수록, 탱크로리에서 솟구쳐 오른 검푸른 불꽃들이 더 세차게 달려들수록 최인보는 소녀를 더 힘껏 끌어안았다.

최인보의 품에 안긴 소녀는 울지 않았다. 소리를 지르지도 않았다. 유난히 큰 눈동자를 가진 소녀는 두 눈을 분명히 열어 자신을 끌어안은 최인보를 올려다봤다.

반대로 최인보는 눈을 뜨지 않았다. 입술도, 두 눈도 작심하고서 열지 않은 채로 기도하듯 그 무언가를 중얼거렸다. 부르트고 갈라진 입술 사이로 새어 나오는 최인보의 웅얼거림은 뜻 모를 주문과 같았다. 하지만 소녀의 두 귀는 똑똑히 듣고 있었다. 뒤집혀진 버스 앞에서 처음 최인보를 마주쳤을 때부터, 지금 더 앞서 나가지도 돌아서지도 못하고 웅크리고 앉아 있는 상황에 이르기까지 소녀는 최인보의 단 한마디 '가자', 구호에 가까운 그 한마디를 듣고 보고 있었다.

불길이 잦아들고 빗줄기가 더한층 거세게 몰아칠 때, 우측 허공에서 천둥 치는 소리가 들렸다. 그 소리에 최인보가 두 눈을 열었다.

최인보의 눈앞에 가장 먼저 들어온 건 소녀의 큰 눈망울이었다. 자신 외에 다른 것을 바라볼 수 없는, 심지어 최인보 자신의 것이 아닐까 싶을 정도의 동질감으로 가득한 소녀의 눈, 소녀는 눈 한 번 깜빡이지 않고 최인보를 내내 올려다보았다. 둘은 아무 말도 하지 않았다. 소녀도 부러 묻지 않았고, 최인보 역시 지금 무슨 말을 어떻게 해야 하는지 생각이 정리되지 않았다. 말을 건네고 싶은데, 위로해주고 싶은데, 단어들이, 말의 의미들이 최인보의 기억 속에서 까무룩 가라앉아만 갔다.

고개를 들어 올린 최인보가 확인하듯 반대편을 뒤돌아봤다. 보고 싶지 않은 악무한의 풍경이 최인보의 시야에 고스란히 들어왔다. 탱크로리의 폭발은 그나마 정지된 상태로 뒤엉켜 있던 차량 대부분을 검은 그을음으로 만들어버렸다. 옮겨 붙은 불꽃은 여전히 곳곳에서 타올랐고, 이따금 승용차 보닛이 폭발을 견디지 못하고 튀어 오르는 장면도 발견되었다.

소녀를 끌어안은 최인보가 몸을 일으키려 다리에 힘을 주는 순간, 상판 위에 얼굴을 처박고 말았다. 우측으로 기울어지는

너머의 세상

몸을 상판 바닥에 함께 쓰러진 소녀가 붙잡았다. 소녀가 몸을 숙여 그의 머리칼을 쓰다듬었다. 그런데 소녀의 시선은 최인보의 머리가 아니라 등허리 부위에 집중되었다. 체크무늬 셔츠의 뒷부분이 불길에 험악하게 타버린 탓에 그대로 속살이 그러난 것이다. 검붉은 화마에 휩쓸린 흔적이 역력했다. 조금만 더 방치하면 그 흔적은 곧 살갗을 파고들어 짓무른 고름을 만들 것이고, 그렇게 좀 더 방치해두면 그대로 최인보의 등이 발려나갈 것이다.

얼마 정도 지났을까. 두 손바닥을 상판에 대고 힘을 준 최인보가 고개를 들어 소녀를 바라봤다. 소녀의 큰 눈망울은 여전히 아무 표정도, 어떤 의문도 갖지 않았지만 그녀 자신도 의식하지 못한 사이 붉게 충혈되어 있었다. 금방이라도 눈물을 쏟을 듯한, 아니 이미 촉촉해진 소녀의 눈동자를 향해 최인보가 손을 뻗었다. 그러곤 말없이 소녀의 눈가를 적신 눈물을 조심스럽게 닦아주었다.

최인보가 비틀거리며 몸을 일으켰다. 등을 움직일 때마다 최인보의 표정이 고통스럽게 일그러졌다. 그런 최인보의 손을 소녀가 붙잡았고, 최인보 역시 소녀의 손을 힘껏 쥐었다. 그러곤 다시 조심스럽게 한 걸음 한 걸음 내딛었다. 소녀는 오직 최인보의 두 발만을 바라보며 그의 발걸음이 옮겨가는 대로 그대로 따라 걸어 나갔고 그렇게 둘은 잘려나간 대교 반대편으로 나아갔다.

22

"통화 돼요?"

"와이파이 조금."

"신호 가요?"

"예, 신호는 가는데……."

"그런데요?"

"안 받아요."

"나도, 집사람한테 전화했는데 안 받아요."

두 번째 올라오는 크레인을 숨죽여 바라보던 20층 사람들은 휴대폰을 손에서 놓지 못했다. 그들 중엔 통화에 성공한 사람도 있었다. 정 상무였다. 학교에서 오후 마지막 수업 중이던 고등학생 아들을 향한 정 상무의 목소리엔 반가움과 두려움이 교차되는 듯 보였다. 학교 건물 일부가 가라앉았고 지금은 비상 대피를 기다리고 있다는 아들에게 정 상무는 '괜찮을 거야'라는 말만 반복했다. 그 외 다른 말은 아예 잃어버린 듯했다.

"괜찮을 거야."

현수도 그 말을 꼭 해주고 싶었다. 통화 내역 맨 위에 있는 이, 자신의 딸 세영에게 전화를 걸었다. 신호가 갔지만, 딸이 특별히 좋아한다는 록그룹의 컬러링이 더없이 반갑고 그만큼 초조하게 현수의 심장을 자극했지만, 세영은 전화를 받지 않았다. 열 번이고 스무 번이고 통화 연결음은 계속되었지만 세영의 목소리는 들을 수 없었다.

크레인이 15층을 넘어 올라오고 있었다. 세영이 전화를 받지 않자 지수에게 전화를 걸기 위해 연락처를 찾는 순간이었다. 현수는 잠시 휴대폰을 내려놓아야 했다. 크레인의 방향이 우측으로 과도하게 치우치고 있어 지상에서 크레인 높낮이를 조정하는 주 대리에게 수신호를 보내야 했다.

좌우, 크레인 위에 올려놓은 팔레트가 심하게 덜컹였다. 위태로울 정도로 강하게 흔들리는 나무 팔레트 위로 하나둘 빗방울이 빠른 속도로 내리치기 시작했다. 반사적으로 현수가 하늘을 올려다봤다. 어느새 짙은 먹구름으로 가득한 하늘에서 굵은 빗방울이 쏟아지기 시작했다.

가까스로 20층 근처까지 크레인이 올라왔다. 하지만 이번엔 창문과의 간격이 더 벌어져 있었다. 하지만 현수는 더 이상의 수신호는 무의미하다고 판단했는지 창문 난간으로 성큼 두 발을 올려 세운 다음 그대로 팔레트를 향해 몸을 던졌다.

팔레트로 뛰어내린 현수가 크레인 기둥에 묶여 있는 로프를 창문가를 향해 던졌다. 그때, 로프를 붙잡은 중역이 그 자리에 주저앉았다. 동시에 강한 굉음이 들려오더니 이내 건물 전체가 요동쳤다. 여진이었을까. 20층 내부도 한차례 흔들림이 시작되더니 또다시 믿을 수 없는 장면이 연출되었다. 우측 방향으로 기울어진 건물이 다시 한 번 동일한 방향으로 기울기 시작한 것이다.

현수는 본능적으로 자신이 서 있는 팔레트와 그 아래를 내려다봤다. 땅의 흔들림이 감지되지는 않았다. 현수는 빌딩의 구조적 붕괴가 일어나고 있음을 직감했다. 한 번 중심축이 균열된 빌딩이 상호 지탱해주는 힘의 균형을 스스로 상실한 것이다.

로프가 팽팽해졌다. 그 자리에 넘어졌던 중역이 다시 일어서서 모습을 드러냈다. 현수가 중역에게 소리쳤다.

"로프 묶어요! 묶으라고!"

중역이 다시 몸을 숙였다. 현수가 이내 고개를 돌려 크레인 레버를 붙잡은 지상의 주 대리에게 소리쳤다. 소리치는 현수의 손가락 방향은 오른쪽이었다.

"오른쪽! 오른쪽!"

팔레트가 한차례 크게 요동쳤다. 자리에 주저앉은 현수가 곧바로 두 발을 팔레트 바닥에 대고 몸을 일으켰다. 크레인이 조금 움직였지만 더 이상은 한계인 듯싶었다.

자리에서 일어선 현수가 사람들을 바라봤다. 남아 있는 열

너머의 세상

명, 이들은 단지 현수의 처분만을 기다렸다. 구명 로프만으론 한계가 있었다. 현수는 망설이지 않고 로프를 붙잡고서 한층 더 우측으로 기울어진 20층 난간 쪽으로 다가갔다. 로프에 매달린 채 20층 높이의 허공에서 몸을 움직이는 건 결코 쉬운 일이 아니었다.

힘겹게 다시 창문 안으로 몸을 들인 현수가 그대로 무너진 사무실을 두리번거렸다. 그러더니 곧 무너진 책장이 있는 곳으로 다가갔다. 현수가 재빠르게 행동하자 사람들도 일제히 그를 돕기 위해 움직였다. 현수는 족히 이 미터는 되는 책장 문을 뜯어내려 했다. 다행히 소재가 합판인 데다 너트가 아닌 커터로 부착된 탓에 작업복 주머니에 항시 휴대하고 있는 니퍼만으로도 분리가 가능했다.

이 미터 높이의 책장 문을 들고 온 현수가 창문 난간과 크레인 팔레트 사이를 연결했다. 그러곤 조심스럽지만 다급하게 문 위로 엎드려 한 사람씩 건너가라고 지시했다.

사람들은 망설였지만 20층 내부의 폐허를 바라보면서 더 이상 이곳에 남아 있을 수 없다는 생각에 현수의 지시를 따를 수밖에 없었다. 제일 먼저 나선 건 중학생 아들과 가까스로 전화 연결이 된 한 중역이었다. 그는 아들을 찾아가겠다고 약속했다. 그에겐 일분일초가 절박했다. 그랬기에 그는 망설임 없이 지지대 역할을 해주는 책장 문 위로 엎드린 채 나아갔다.

그가 무사히 건너자 사람들이 둘, 셋 빠른 속도로 크레인 팔레트로 이동하기 시작했다. 그 모습을 지켜보면서 현수가 다시 한 번 바지 주머니에서 전화기를 꺼냈다.

　집사람, 그리고 딸 세영. 두 명의 이름이 최근 통화 기록에 찍혀 있었다. 망설이던 현수가 다시 한 번 세영의 번호를 눌렀다. 그러자 이번엔 통화가 아닌 문자메시지 발송 화면이 액정을 밝혔다.

　'괜찮니?'란 세 음절을 입력하려는 순간이었다. 다시 한 번 귓전을 때리는 굉음이 들렸다. 20층 안에 남은 건 현수와 또 한 명의 젊은 직원, 그리고 임원급으로 보이는 또 다른 중역, 그렇게 셋이었다. 또 다른 중역이 떨리는 몸짓으로 창문 난간 위에 올라선 그 순간, 굉음과 함께 중역은 창문 난간이 아닌 20층 바닥 아래로 곤두박질쳤다. 동시에 라디에이터에 묶어 놓았던 로프가 끊어졌고, 책장 문도 창문 난간에서부터 미끄러져 아래로 곤두박질쳤다. 팔레트 위에 올라탄 여덟 명의 사람들이 중심을 잃고 쓰러졌다. 구명 로프가 20층에서 분리되면서 허공에서 한 번 크게 맴을 그렸다.

　건물은 이전보다 더 급격하게 기울어졌다. 현수는 휴대폰을 손에 쥔 채로 쓰러져 벽면으로 굴렀다. 젊은 직원이 짧은 비명을 질렀다. 그러다 테이블 모서리에 머리를 부딪치고 의식을 잃은 듯 더 이상 반응을 보이지 않았다.

　　　　　　　　　　　　　　너머의 세상

등기구와 공조기, 천장 마감재가 더 이상의 비틀림을 이겨내지 못하고 짓이겨진 채로 무너지기 시작했다. 현수는 이곳에 더 남아 있을 수 없었다. 현저히 기울어진 창문 난간 너머로 크레인이 보였지만, 너무나 먼 곳에 있었다. 상대적으로 높이 치솟은 창문 쪽으로 올라서려 했지만, 무너져 내린 천장 마감재와 뒤집힌 책장, 테이블 탓에 더 이상 다가갈 수 없었다.

저 너머에서 누군가의 외침이 들려왔다. 주 대리의 외침일까, 그 누군가의 외침일까. 현수는 지상의 세계에서 소리치는 그들의 외침에 답해주고 싶었다. 그들에게 답하기 위해, 말해주기 위해서라도 현수는 이곳을 벗어나야 했다. 내려가야 했다.

자리에서 일어선 현수는 결국 부서진 문이 있는 곳으로 걸음을 옮겼다.

23

뚫린 천장을 오르는 일은 세영에게 끔찍한 좌절감만 안겨다 주었다. 엄청난 폭과 높이의 식료품으로 가득 쌓인 탑을 발판 삼아 오르려 했지만 탑은 이내 무너지고 말았다.

좌절의 원인은 비교적 분명했다. 그 시도를 세영만 한 것이 아니었기 때문이다. 그나마 균열과 구멍이 덜한 장소. 세영이 서 있는 마트 중앙으로 한걸음에 달려온 사람들 역시 세영과 같은 생각을 갖고 있었다. 비상문도 무빙워크도 무너져 내린 지하 공간은 더 밑의 공간에서 계속되는 공조기의 파괴와 위층에서부터 시작된 붕괴의 징후로 인해 모여 있는 사람들에게 공포와 불안을 가중시켰다. 빠른 속도로 진행되는 불빛의 소멸 또한 마트에 모여 있는 이들의 두려움을 한층 증폭시켰다.

그래서일까. 사람들은 세영이 오르려는 곳을 발견하고 한꺼번에 모여들었다. 사방에서 식자재 더미를 타고 올라 천장에 노출되어 있는 급수관을 붙잡고, 공조기 파이프라인을 지지대 삼아 1층으로 올라서려 하는 움직임을 필사적으로 반복했다. 하지만 무질서하게 모여드는 통에 탑은 순식간에 무너지고 말았

너머의 세상

다. 위로 오르는 일이 무산되면서 사람들은 점차 패닉 상태에 빠져들었다. 그래도 비상문을 열어보자며 비상문이 있는 곳으로 뛰어가기 시작했다. 지금 한 명의 인솔자라도 있으면 대피가 훨씬 수월하게 전개될 수도 있을 것이다. 하지만, 모든 이들이 그 한 명을 찾았지만, 불행히도 그 한 명은 나타나지 않았다. 이 어처구니없는 현상에 대해 사과하거나 책임지겠다는 이는 없었다.

그때, 누군가 다시 한 번 비상문으로 달려갔다. 일그러진 철문 손잡이를 붙잡고 흔들어댔다. 그러자 그 모습을 본 사람들이 일제히 비상문 쪽으로 다가갔다. 비상용 유도등이 비상문이 있는 위치를 밝혔기에 더더욱 사람들의 시선은 비상문에 집중될 수밖에 없었다. 하지만 세영은 가지 않았다. 자리에 주저앉은 후 한참을 멍하니 사람들의 움직임을 지켜만 보았다. 세영은 사람들이 달려가는 비상문이 위치한 곳의 기울기를 확인했다. 푹 꺼진 천공처럼, 금방이라도 무너질 것처럼 비상문이 위치한 식품 매장 우측 공간은 상당히 위태로워 보였다.

자리에서 일어서려 몸을 일으킨 세영의 어깨를 누군가가 힘껏 밀치고 달려 나갔다. 충돌한 세영이 다시 바닥에 쓰러졌다. 그 누군가의 손에서 무언가 떨어지는 것이 세영의 눈에 보였다. 휴대폰이었다.

정신을 차린 세영이 바닥에 쓰러진 그 누군가의 휴대폰을 손에 집었다. 다행히 휴대폰의 비밀번호가 설정되지 않아 전원 버튼을 누르자 그대로 통화가 가능한 메뉴 기능이 눈에 들어왔다. 세영은 휴대폰을 주인에게 돌려줘야 할 엄두가 나지 않았다. 솔직히 돌려주고 싶지 않았다. 떨리는 손으로 집어 든 휴대폰, 통화 가능 신호가 사라지지 않는 이 휴대폰이 자신에겐 마지막 남은 희망일 것만 같았다.

자리에 주저앉은 세영이 조금 더 빛이 스며드는 곳으로 몸을 옮겼다. 무너진 구멍 사이로 스며드는 빛살이 선명하게 공간을 밝히는 곳으로 기어가다시피 몸을 옮긴 세영이 휴대폰 폴더를 열었다.

그렇지만 세영은 버튼을 누르지 못했다. 번호가 기억나지 않았다. 자신의 휴대폰에 저장되어 있던 '아빠', '새엄마', '우빈', 그리고 '할아버지' 단축 다이얼 1, 2, 3, 4. 그 이상은 기억나지 않았다. 모든 것이 희미하고 가물가물했다. 세영은 010만 누르고 지우기를 반복했다. 그런 세영의 눈에서 눈물이 흘러내렸다. 자신도 모르게 맑은 눈물이 흘러내렸다. 갑자기 가슴이 뜨거워졌고 얼굴이 화끈 달아올랐다. 미워만 하고, 자신의 신세를 망친 거추장스런 걸림돌로만 생각했던 사람들, 가족이란 이름으로 모인 그들, 지금 세영은 그들의 전화번호를 기억하지 못했다. 당연했다. 한 번도 외우려 하지 않았으니까. 외우고 싶지 않았으니까.

너머의 세상

하지만 포기할 수 없었다. 흐릿하지만 세영은 아버지의 전화번호를 애써 되살리기 위해 예전 기억들을 닥치는 대로 떠올려봤다. '아빠'란 이름과 함께 찍혀 있던 010으로 시작하는 총 열한 개의 번호를 희미한 기억 저편에서 *끄집어내려는* 데 필사적이었다.

누르고 지우고 누르고 지우기를 반복하던 그 순간, 비상문 쪽에서 비명 소리가 들리기 시작했다. 한차례 더 지하 매장의 균열이 일어나며 이전보다 더 큰 구멍이 열리기 시작했다. 세영을 지탱하고 있던 바닥에서도 요란한 소리와 함께 무너짐이 시작되었다. 잔뜩 몸을 웅크리는 것 외에 세영이 할 수 있는 건 아무것도 없었지만, 그녀는 이번만큼은 휴대폰을 쥔 손을 놓지 않았다. 모든 것이 무너지는 고통 속에서도 세영의 두 눈은 열려 있었다. 열린 눈으로, 휴대폰을 붙잡은 손으로 세영은 자신의 휴대폰 단축번호 1번인 '아빠'의 번호를 찾아 누르고 지우고, 누르고 또 지워나갔다.

24

물속에서 엄마가 보였다. 우빈에게 단 하나 남아 있는 기억,
가족 모두가 놀러 갔던 수영장이다. 가장 깊은 곳으로 잠수를
하며 수영장 바닥을 손으로 짚고 나아가던 그때, 우빈은 물속
에서 눈을 감지 않았다. 수많은 크고 작은 거품들이 자신의 앞
을 메워나갔고, 많은 사람들의 다리가 보였다.

그렇게 깊은 곳, 더 깊은 곳으로 나아가던 우빈에게 엄마 지
수가 나타났다. 붉은색 수영모에 아담한 수경을 쓰고 나타난
지수는 세상에서 다시없는 환한 웃음을 푸른 물길 속에서 보
여주었다. 지금도 잊히지 않는 물속에서의 만남, 그 만남을 다
시 이뤄낼 수 있을까. 우빈은 더 깊이, 더 아래로 내려갔다.

기계실 용도로 사용되는 공간의 삼분지 이가 제어계가 고장
나버린 급수 밸브를 통해 쏟아져 나온 물로 채워진 상태였다.
전복된 기계들과 모터, 패널들과 기계실 부속들이 물속 깊이
바닥에 가라앉았고, 그 위로는 적지 않은 나뭇가지와 흙더미들
이 끊임없이 뒤섞여 내려왔다.

우빈은 물속에서 눈을 감지 않았다. 우빈은 신기하리만치 물

속에서 눈을 감지 않고도 편하게 그 상태를 지속할 수 있었다. 강아지 울음소리를 따라 그대로 물에 잠긴 기계실로 들어갔을 때, 환상이었을까. 우빈의 눈에 가장 먼저 나타난 건 엄마 지수의 모습이었다.

얼마 만이었을까, 그녀가 그토록 환하게 웃은 게. 환상인지 실제인지는 우빈에게 그다지 중요하지 않았다. 옥수동 쪽방으로 할아버지를 데리고 이사 왔을 때에도, 친구들과 패싸움을 하고 근처 파출소 벤치에 앉아 있던 자신을 찾아 한걸음에 달려왔을 때에도 우빈에게 그녀는 언제나 웃고 있었다. 겉으론 안타깝고 화나고 고통스런 표정을 하고 있었지만, 우빈의 눈에 비친 엄마는 언제나 웃고 있었다.

그 웃음을 찾았을 때, 우빈의 눈에 희미하지만 분명한 사람의 형체가 드러났다. 저 멀리 물 밖에서 들려오는 강아지 울음소리 역시 멈추지 않고 계속되었다.

우빈이 필사적으로 바닥을 향해 내려갔다. 숨이 막혔다. 숨이 막혔지만 우빈은 빠져나갈 수 없었다. 엄마의 웃음이 물속에 계속 남아 있었기에, 그 웃음이 지금 우빈의 손이 미연의 차갑게 가라앉은 어깨를 붙잡을 수 있게 해주었기에, 그랬기에 우빈은 혼자 물속을 빠져나올 수 없었다. 어떻게 해서든, 엄마의 웃음을 잃지 않아야 했다. 그래야 했다.

미연을 붙잡고 물 밖으로 빠져나온 우빈이 소리쳤다. 패널 위에 아슬아슬하게 앉아 있던 강아지가 미연을 붙잡고 나온 우빈을 향해 더 힘껏 짖어댔다. 차갑게 내려앉은 미연의 몸은 천형의 무게처럼 무거웠다. 우빈이 미연의 팔 사이에 손을 밀어 넣어 붙잡고 기계실 마지막 계단까지 끌고 올라왔다. 물은 계속해서 차올랐다. 미연을 계단 벽에 기대어 세운 우빈이 소리를 질렀다. 소리를 지르며, 밭은기침을 쏟아내며, 쌓이고 쌓였던 두려움과 불안, 공포를 눈물, 콧물에 담아내며 그렇게 한 사람, 엄마의 이름을 불렀다. 있는 힘껏 소리쳐 불렀다.

눈을 뜨지 않는, 더 이상 숨을 쉬지 않는 미연의 몸을 붙들며 엄마를 부르던 우빈이 패널 위, 강아지 옆에 놓아두었던 휴대폰을 힘껏 손에 쥐었다.

너머의 세상

25

　지수가 한 남자의 손을 붙잡았다. 의사가 분명했다. 하얀 가운을 입고 뿔테 안경을 썼으며, 가슴엔 청진기가 걸려 있고, 가운 앞주머니엔 만년필 모양의 체온계가 꽂혀 있었다.

　지수가 그의 손을 붙잡았을 때였다. 그때서야, 지수가 자신의 손을 붙잡아준 그때서야 의사는 제정신을 차릴 수 있었다. 한순간 일어난 이 일, 그야말로 단 한순간, 어느 누구도 예측하지 못한 순간에 땅이 무너졌다. 어느 곳은 무간의 지옥이 되어 꺼져 내렸고, 또 어떤 곳은 태산처럼 솟아올랐다. 갑자기, 그야말로 최소한의 징후도 없이 사람들을, 사회를, 도시, 국가를 당연한 것처럼 떠받들어 주던 땅의 기반이 송두리째 비틀리고 만 것이다.

　느닷없이 밀려든 이 사태 앞에서 응급실 진료를 보고 있던, 매일매일이 전쟁터였던 의사마저도 넋을 잃고 그 자리 그대로 서 있었다. 오후 다섯 시경, 언제나처럼 응급실 환자의 차트를 점검하고 있던 자신이 서 있던 비품실 카운터가 갑자기 무너져 내렸다. 천장도 무너졌고, 의사도, 간호사도, 응급실 관계자도,

2 피에타－자비를 베푸소서

253

그리고 침대에 누워 간절히 치료를 기다리는 병자들도 모두 가라앉거나 뒤집혔다. 비명조차 지를 여력도 없었다. 그렇게 한순간, 의사는 자신의 본분도, 앞으로 무엇을 어떻게 해야 할지에 대한 생각조차 깡그리 망실해버렸다. 그런 상태였다.

지수는 그럴 수 없었다. 지수에겐 지금 그녀의 눈앞에서 살려내야 할 생명이 있었다. 아직은 살아 있는, 하지만 이 시간을 흘려보내면 영원히 이 세상과는 작별해야 할 생명이 있었기에 그녀는 넋을 놓고 있을 여유가 없었다. 의사를 찾아야 했다. 의사를 찾아, 그의 손목을 잡아 이 위태로운 생명을 구해주길 요청해야 했다.

정 여사가 근육무력증을 앓는 것과 발작적으로 각혈 증세를 보인다는 사실을 지수는 필사적으로 반복해 의사에게 들려주었다. 그러곤 의사가 다시금 넋을 잃지 않도록, 무너지고 일그러져도 이곳이 응급실임을 분명히 알 수 있도록 의사를 정 여사가 누워 있는 침대 앞으로 이끌고 와 다음과 같이 말했다.

"살려주세요."

"……."

"제발."

살려달라는 말. 의사가 정 여사와 지수를 번갈아 살폈다. 지수를 바라보는 의사의 눈동자가 조금씩 흔들렸다. 지금 자신이 할 수 있는 일이 무엇일까. 그에 대한 답을 지수에게 구하는 것만 같았다. 지수는 답을 줄 수 없었다. 그녀는 죽어가는 정 여사를 단지 곁에서 간호할 뿐이었다. 지수는 간절했다. 그 간절함은 비단 정 여사의 생명만이 아니었다. 죽어가는 정 여사를 통해서 지수는 자신과 함께하는 가족이란 이름의 사람들, 다시 사랑을 알게 한 남편, 그 사랑하는 남편의 아버지, 가슴으로 만난 새 딸, 그리고 언제나 마음의 가시처럼 박혀 있어 아프지만, 그렇지만 언제나 보고 싶은, 만져주고 싶고 말 걸어주고 싶은 아들을 살리고 싶었다. 꺼져가는 등불과 같은 가족을 살리고 싶었던 것이다.

의사가 희미하나마 빛이 확보되는 곳으로 정 여사의 침대를 옮겼다. 지수가 도왔다. 응급실 우측 구석 자리가 그나마 균열이 덜한 편이었다. 의사가 잠시 물러나 무너진 의약품 진열장, 그 폐허 속에서 주사기와 약물을 찾았다. 지수는 내내 정 여사의 손을 으스러질 듯 움켜쥐었다. 그리고 속으로 절박하게 소리쳤다.

'죽으면 안 돼. 죽으면.'

약품을 찾아 온 의사가 간호사의 도움 없이 직접 정 여사의 왼 팔목에 약물을 투여했다. 진찰은 흰자위와 피로 물든 혀를 확인하는 것으로 대신했다.

조금 시간이 지나자 정 여사가 각혈을 멈추었다. 의사는 수혈을 할 정도는 아니라고 말하며, 응급실 전체를 둘러봤다. 그

러고는 간호사들을 향해 소리치기 시작했다. 여긴 응급실이라
고. 정신 차리라고.

정 여사가 지수를 올려다봤다. 지수는 그런 정 여사를 향해
환하게 미소 지었다. 땀으로 흥건히 젖은 지수의 손에는 그녀가
줄 수 있는 최선의 힘이 담겨 있었다. 정 여사는 무언가 말을 하
고 싶었지만 하지 못했다. 기운이 없어서일 것이다. 하지만 안색
이 한결 가라앉았고, 평온해 보였다. 그런 정 여사를 보는 지수
의 눈에 눈물이 고였다. 코끝이 시큰해지는 순간 지수의 주머
니에서 진동이 시작되었다. 정 여사도 지수도 모두 놀란 표정으
로 소리가 나는 곳을 바라봤다. 서둘러 지수가 주머니에서 휴
대폰을 꺼냈다. 그러곤 떨리는 손짓으로 휴대폰 폴더를 열어 통
화 버튼을 눌렀다.

간절히 바랐다. 진정으로. 통화가 가능하길, 누군가의 목소
리가 들리길.

지수의 간절한 바람대로 누군가의 떨리는 목소리가 들렸다.

"엄마."

'엄마' 그 한마디를 듣는 순간 지수의 눈에서 맑은 눈물방울
이 쏟아져 내렸다. 내내 참고 있던, 지금은 울 때가 아니라고 내
내 감춰둔 눈물이 아들, 우빈의 목소리를 듣는 순간 쏟아져 내
렸다. 지수는 볼을 타고 턱 끝에 맺혀드는 눈물을 닦을 엄두조
차 내지 못하고서 자신을 부르는 우빈의 이름을 불렀다.

                    너머의 세상

"응, 우빈아."

"엄마."

"말해, 우빈아. 듣고 있어."

"엄마."

"그래, 말해. 괜찮아?"

26

"괜찮아?"

우빈은 울지 않으려 했다. 엄마와 통화가 가능하게 되어도, 그래서 엄마의 목소리를 듣게 되어도 우빈은 절대로 울지 않으려 했다. 나는 괜찮다고, 잘 있다고. 그리고 대견하고 의젓하게 되묻고 싶었다. 엄마는 괜찮으냐고, 다친 데 없냐고.

하지만 지금, 뒤집힌 기계실의 마지막 계단에 웅크리고 앉아 있는 우빈은 괜찮다는 말을 하지 못했다. 울지 않겠다고 다짐하고 또 다짐한 결심 역시 지키지 못했다. 괜찮다고 말하고 싶었지만, 나는 잘 있다고, 이런 일 별거 아니라고 말하고 싶었지만 차마 우빈은 그렇게 말하지 못했다. 그럴 수가 없었다. 지금 우빈의 옆에 머리를 기대고 앉아 있는, 흠뻑 물에 젖은 채로 차갑게 굳어만 가는 미연이 있는 한, 거실 카펫 바닥에 자신이 찌른 칼에 맞아 피를 흘리며 죽어가던 친구 석구를 기억하는 한 우빈은 인사치레로라도 괜찮다고 말할 수 없었다.

무슨 말을 할 수 있을까. 우빈은 두려웠다. 배터리 방전을 알

리는 '삐, 삐' 소리가 계속해서 들려왔다. 초조했다. 무슨 말이
든 해야 했다. 하지만 아무것도 생각나지 않았다. 그저 울고만
싶었다. 엄마의 이름을 부르며 울고만 싶었다.

"괜찮아, 우빈아. 괜찮을 거야."

"엄마, 미안해."

"뭐가 미안해? 우빈이가 뭐가 미안해. 고마워. 정말 고마워."

"엄마."

"살아 있어서 고마워. 무사한 것 같아 고마워."

"엄마 미안해. 미안하다고."

"거기 어디야? 엄마가 갈게. 내가 지금 갈게. 우리 같이 들어
가자. 응? 우리 함께, 우리 가족 다 같이 만나자. 그러자. 이젠
그러자. 함께 있자. 우리 더 이상 헤어지지 말자."

"엄마."

"그래, 우빈아. 괜찮아."

"엄마, 나 어떡해."

"우빈아, 왜 그래? 아파? 다친 거야?"

"나 어떡하지?"

"우빈아, 왜 그래? 엄마한테 말해. 무슨 일이야? 너 어디야?"

"엄마, 나……."

"그래, 우빈아. 말해. 엄마한테 말해."

입이 다물어지지 않았다. 복받치는 울먹임에 말을 잇기 힘들

었다. 하지만 우빈의 말은 이어졌다. 엄마는 자신의 말을 언제나 들어주었으니까. 어떤 말을 해도 들어주었으니까. 혼내지도 않고, 실망하지도 않고, 언제나 들어주었으니까. 우빈은 말하고 싶었다. 말하지 않으면 더 이상 지탱할 수 없을 것 같았다. 말해야 한다. 말해야 한다. 우빈의 입은 자신의 의지와 상관없이 열려버렸다. 눈물도 함께 쏟아졌다.

"나, 사람을 죽였어."

"응?"

"친구를 죽였어."

"……."

"엄마, 미안해. 나 사람을 죽였어."

"……."

"친구를 죽였어."

"……."

"친구를."

"……."

"죽였어, 죽였다고."

"……."

"엄마, 나 어떻게 해야 돼?"

"……."

"어떡해?"

너머의 세상

"……."

"엄마, 나 어떡해?"

"……."

"어떡해?"

우빈의 목소리가 가라앉아 갔다. 너무 울고 싶을 땐 눈물이 쏟아지지 않는다. 숨죽여 오열하는 우빈은 아무 소리도 내지 못했다. 절박하게 휴대폰을 붙잡고 다른 손으론 입을 틀어막으며 이 숨 막히는 오열의 순간을 참아내야만 했다. 그런 우빈의 휴대폰 너머로 엄마의 목소리가 들렸다. 한층 더 가라앉고 부드러운 목소리. 우빈에게 엄마의 목소리는 언제나 그랬다. 언제나 따뜻했고, 언제나 부드러웠다.

"우빈아."

"엄마."

"괜찮아."

"미안해."

"괜찮을 거야."

"미안해."

"다 괜찮아질 거야."

"……."

"괜찮아, 우빈아. 괜찮아."

"……."

"우리 그곳에서 만나자."

"……."

"우빈아. 우리 내일 그곳에서 만나자."

"알았어, 엄마."

"약속했어. 내일 그곳에서 만나기로."

"엄마, 알았어."

"……."

"알았어."

"……."

"엄마."

더 이상 엄마, 지수의 목소리가 들리지 않았다. 한차례 긴 방
전음이 들려오더니 자동으로 통화가 종료되었다.

물이 계속 차올랐다. 어느새 계단 맨 위에 올라앉은 우빈의
발목 부근까지 물이 차올랐다. 첨벙첨벙 패널 위로 물이 찰랑
거리자 강아지가 물을 피해 이곳저곳 분주하게 움직이며 칭얼
거렸다. 우빈이 손을 뻗어 강아지를 끌어안았다. 미연의 어깨도
자신의 몸으로 더 힘껏 끌어당겼다. 우빈은 천장을 바라봤다.
무너진 창틀 너머로 이른 저녁의 달빛이 비쳐오고 있었다.

27

 더 이상 나아갈 수 없었다. 뒤로 돌아갈 수도 없었다. 화물용 엘리베이터가 연결되어 있는 비상계단으로 내려가던 현수가 20층을 채 벗어나기도 전에 멈춰 서버렸다. 계단이 한데 뒤섞어 놓은 바둑돌처럼 어그러져 있었고, 그처럼 단단해 보였던 잿빛 콘크리트 벽 한 귀퉁이가 무너져 내려 더 이상의 진입을 허용하지 않았다.

 비상계단을 통해선 더 내려갈 수 없음을 확인한 현수가 다시 올라가려 할 때였다. 몇 차례 계속해서 흔들리는 여진을 견디다 못한 20층 비상문 벽면 역시 주저앉아 버리고 말았다. 천장 마감재도 함께 무너졌다. 그때, 비상문 밖에서 현수를 따라 비상계단으로 내려가려 했던 20층의 남은 사람들, 그들의 외마디 비명소리가 들렸다.

 비명소리를 듣던 그때, 현수가 자신도 모르게 그 자리에 주저앉아 버렸다. 천장이 벽을 따라 무너지면서 동시에 비상계단의 전등까지 따라서 꺼졌다. 창문 하나 없는 이곳은 완벽한 어둠이었다. 어디서 스며들었는지 모르는 실낱같은 빛살에 자신의 검은 그림자가 비치는 것을 확인하는 것으로 자신의 살아 있음을 긍정하는 게 갇혀버린 현수가 할 수 있는 모든 것이었다.

여진도, 건물 균열도 잠시 잦아들었다. 하지만 언제, 어떤 방향으로 균열이 일어나게 될지 몰라 현수의 불안감은 좀처럼 사라지지 않았다. 극도의 불안이 현수의 두 다리의 힘을 잃게 만들었다. 그 자리에 주저앉은 후로 현수는 다시 일어나지 못했다. 벽에 등을 기대고 깊은 한숨을 몰아쉬는 것 외에 현수는 다른 어떤 일도 할 수 없었다.

그때, 현수에게 전화 한 통이 걸려왔다. 알 수 없는, 처음 보는 번호였지만 현수는 떨리는 손으로 통화 버튼을 눌렀다. 행여 통화가 안 될지도 모른다는 생각에 통화 버튼을 누르자마자 현수는 다급한 목소리로 상대를 확인하려 했다.

"여보세요?"

"……"

"여보세요. 누구예요? 말해요."

"……"

"제발 말 좀 해요."

요란한 잡음이 들렸다. 사람들의 아우성, 비명 소리, 굉음들, 각종 소리들에 휩싸인 통화 속 세계가 현수의 귀에 고스란히 전달되어왔다. 현수는 그 소리들을 들으며 반사적으로 소리쳤

너머의 세상

다. 절박하게 외쳤다.

"세영아! 세영이 맞지?"

"아빠? 아빠 맞아? 아빠 번호 맞아?"

"맞아, 세영아. 아빠야. 아빠, 아빠라고!"

"아빠야? 정말이야?"

"내 딸 세영아, 세영아. 아빠 맞아. 아빠야."

현수는 아빠란 말을 수십 번이라도 반복하고 싶었다. 수천 수만 번이라도 계속해서 들려주고 싶었다. 현수는 그렇게 자신이 세영의 아버지임을 알려주고 싶었다. 알려줘야 했다.

"세영아, 너 괜찮아? 거기 어디야? 아직 마트야?"

"응, 아빠. 엄마는? 할아버지, 우빈이는 괜찮아? 연락 돼?"

"연락할 거야. 걱정 마. 다 괜찮을 거야. 아빠 전화 갖고 있으니까 연락할 거야. 걱정 마. 세영아."

"아빠, 보고 싶어."

"세영아. 아…… 세영아."

"나 너무 무서워, 아빠."

"괜찮아, 세영아. 내 딸 괜찮아. 걱정하지 마."

"아빠…… 무서워……."

"내가 갈 거야. 세영아. 내가 지금 너한테 갈게. 내 딸한테 갈 거야. 으흐흐. 세영아. 내가 갈 거야."

"아빠, 나 미워하지 마."

"내가 왜 세영이를 미워해? 내가 미안해. 내가 잘못했어. 널 지켜주지 못했어. 내 가족을 지켜주지 못했어."

"아니야, 아빠. 그러지 마."

"세영아. 거기 그대로 있어. 내가 갈 거야. 내 딸 구할 거야. 우리 가족, 반드시 구할 거야. 조금만, 조금만 참아. 참아야 돼. 무서워도 참아야 돼."

"아빠. 와줘. 나 무서워. 너무 무서워."

"알았어, 세영아. 아빠가 있잖아. 아빠가 갈 거야. 아빠가.

"아빠……"

"……"

"아빠."

28

더 이상 아빠의 소리가 들리지 않았다. 그렇지만 세영은 계속해서 아빠의 이름을 부르고 또 불렀다. 아빠 이름을 부르자 신기하리만치 주위가 고요해졌다. 무너지는 소리도, 사람들의 아우성도, 소화전 사이렌 소리도, 컴프레서 폭발 소리도 들리지 않았다. 순간 세영을 둘러싼 공간이 차분히 가라앉았고, 고요해졌다. 잔잔한 호수 위를 걷는 기분이었다.

휴대폰을 귀에서 떼지 않은 세영이 천천히 걸음을 옮겼다. 조심스럽게 평평하지 않은, 구멍 난 지하 매장을 걷기 시작했다. 한 걸음, 한 걸음.

은회색을 머금은 푸른 물빛이 잔잔히 흐르는 공원의 자전거 도로가 세영의 눈앞에 펼쳐졌다. 세영에게 호수공원은 아주 어렸을 적, 하지만 생생한 기억 속의 한 장면으로 남아 있는 곳이었다. 그곳에서 아빠 현수는 세영에게 자전거를 가르쳤다. 세발자전거에서 두발자전거로 옮겨 타는 날, 그날 세영은 처음으로 두발자전거 위에 올라탔다. 뒤에서는 현수가 받쳐주었다. 세영은 연신 뒤를 돌아보며 확인하듯 같은 말을 반복하고 또 반복했다.

"아빠, 놓으면 안 돼. 놓으면 안 된다고."

"걱정 마. 아빠가 붙잡아줄게."

"놓으면 안 돼…… 진짜 놓으면 안 돼."

"아빠가 보고 있으니까 괜찮아."

"놓으면……."

"괜찮아."

"……."

"괜찮아, 세영아."

세영이 불안해할 때마다 현수는 아빠란 말을 힘주어 들려주었다. 아빠가 붙잡아 주고, 아빠가 보고 있기에, 그랬기에 세영은 두발자전거의 페달을 힘껏 돌릴 수 있었다. 뒤에서 늘 든든한 아빠가 자신을 지켜주었기에, 그랬기에 조심스럽지만 용기 있게 세영의 두발 자전거는 앞으로, 앞으로 나아갈 수 있었다. 지금의 세영처럼.

세영은 휴대폰을 귀에다 대고 계속해서 나지막하게 아빠를 부르며 앞으로, 앞으로 나아갔다. 희미한 빛살이 점점 더 강렬해지는 곳으로.

"아빠."

"아빠."

너머의 세상

29

내려가야 했다. 어떻게 해서든 이곳을 벗어나야 한다. 현수는 무작정 비상계단 밑으로 몸을 움직였다. 콘크리트 벽돌, 뒤집혀진 계단 조각들을 걷어내면서 때론 두 팔과 두 다리를 모두 바닥에 짚고서라도 19층, 18층, 그 밑의 세계, 지상의 세계로 내려가기 위해 현수는 몸부림쳤다.

울지 않았다. 울음이 나지 않았다. 현수는 오히려 기뻤다. 신비롭기만 한 충만한 희열이 현수의 심장을 두근거리게 했다. 우린 살아날 것이다. 모두 살아서 만날 것이다. 내일이 있기에.

비로소 현수는 내일이 무슨 날인지 알게 되었다. 새삼 떠올린 그날이 바로 내일이다. 내일, 우리 가족 모두가 모일 것이다. 모여서 서로가 살아 있음을, 살아 있는 것 자체를 기뻐할 것이다. 더 이상 미워하지도, 원망하지도, 아파하지도 않을 것이다. 살아 있는 것만으로, 살아 있는 가족을 보는 것만으로, 말을 섞는 것만으로도 기뻐할 것이다. 그게 가족이니까. 아무것도 하지 않아도, 그저 보고만 있어도 기쁜 게 가족이니까. 가족이니까. 현수는 어떻게든 내려가야 했다. 가족을 살리기 위해. 자신을 살리기 위해.

건물의 균열은 걷잡을 수 없었다. 밑의 세상을 향해 내려가면 내려갈수록 건물 하부 구조물의 균열은 더 극심하게 진행되었다. 10층, 9층, 8층…… 천장에서 소리가 들리고 계단에 발을 디딜 때마다 몸의 균형을 잡기가 어려울 정도로 진동이 가중되었지만 현수는 결코 내려가는 발걸음을 멈추지 않았다. 현수는 이제 내려가기 위해 존재하는 인간이 되었다. 위가 아닌 밑, 모두가 우러러보는 세상이 아닌 모두가 함께할 수 있는 세상으로 내려가고 또 내려갔다.

너머의 세상

30

　물은 멈추지 않았다. 깨진 창밖의 빛은 멈추지 않는 물의 기세에 비례하여 희미해져갔다.

　우빈은 미연을 놓지 않았다. 어느새 물은 가슴팍까지 차올랐다. 조금만 더 있으면 기계실 전체가 물속에 잠길 것 같았다.

　신기한 것은 강아지도 어느새 울음을 그치고 우빈의 곁으로 다가왔다는 사실이다. 우빈은 한 손으론 쓰러지려는 미연의 어깨를 힘껏 붙잡아 추켜세웠고, 다른 한 손으론 자신에게 슬금슬금 다가온 강아지의 몸을 쓰다듬었다. 어느새 물기를 머금은 강아지의 몸은 우빈의 손끝에 차갑고 선명한 감각으로 전달되었다.

　물은 계속 차오를 것이다. 우빈이 미연을 일으켜 세우려 했다. 일어서 있으면 조금이라도 더 물이 채워지는 시간을 유예할 수 있을지도 모른다는 생각에서였다.

　하지만 그녀를 일으킬 때였다. 자신의 의지를 갖고 있지 않은 미연은 우빈의 손길로부터 우습게 벗어나고 말았다. 미연은 벽에 기댄 자세 그대로 쓰러졌다. 미끄러지듯 쓰러진 미연의 몸이 빠른 속도로. 우빈이 어떻게 손써볼 겨를도 없이 계단 밖으로 벗어나버렸다. 숨 쉬지 않는, 그래서 더 무겁기만 한 미연의 창백한 몸이 물속 깊은 곳으로 빠져들었다.

우빈이 강아지를 품에 안고 한 번 깊게 심호흡을 했다. 주위를 둘러봤다. 자신이 서 있는 곳 우측 상단에 깨진 창문이 보였다. 방금 전 자신이 들어왔던 곳이기도 했다.

하지만 창문 밖으로의 탈출이 우선이 아니었다. 우빈은 물속 깊이, 기계실 바닥으로 가라앉아 가는 미연을 잡기 위해 잠수를 시작했다. 여전히 물속에서도 우빈의 두 눈은 환하고 또렷하게 열려 있었다. 그 눈으로 우빈은 점점 더 깊어지고 점점 더 짙어지는 물의 중심으로 파고들었다.

너머의 세상

31

"할아버지. 가요."

"……."

"할아버지."

"……."

"가요."

"……."

"왜 안 가요? 가요."

"……."

"가……."

부러진 동호대교. 부러진 다리와 다리를 잇는 유일한 상판 위에 최인보는 무릎을 꿇고 고개를 숙였다. 탱크로리에서 터져 나온 폭발로 인한 불꽃은 여전히 그 기세를 굽히지 않았다. 사람들의 비명 소리 역시 시간이 갈수록 거세어져 갔지만 누구도 이들을 구조하러 오지 않았다.

최인보의 어깨를 두어 번 흔든 소녀가 갑자기 동작을 멈췄다. 그러고는 자신의 몸을 숙여 최인보의 얼굴을 들여다봤다.

눈동자는 열려 있었고, 입은 반쯤 벌어져 있었다. 벌린 입 사이로 고인 침이 상판 바닥에 떨어졌다.

최인보가 눈을 뜨고 있는 걸 확인한 소녀가 말없이 최인보를 마주 보며 웅크리고 앉았다. 빗줄기가 잦아들었다. 하늘을 가득 메운 먹구름 떼는 언제 그랬냐는 듯 종적을 감췄다. 하지만 비가 내렸음을 알려주는 선명한 흔적이 소녀의 눈앞에 드러났다.

무지개였다. 하늘 저편을 수놓은 총천연색 일곱 빛깔 무지개. 하늘을 수놓은 무지개 빛깔이 더없이 선명했다.

무지개를 바라본 소녀가 말없이 고개를 숙였다. 웅크리고 앉은 두 다리 사이에 고개를 밀어 넣었다. 고개를 밀어 넣어 바라본 상판 위에 약간의 물기가 남아 있었고, 그 투명한 물기의 틈에도 무지개 빛깔이 비쳤다. 소녀는 상판 위에 피어난 무지개 빛깔을 무지개 꽃이 핀 것으로 생각했다. 할아버지가 보여주려 했던 것도 무지개 꽃이라고 믿었다.

너머의 세상

32

어두워졌다. 어둠이다. 도시의 어둠이 지금처럼 낯설게 느껴진 적이 없었다. 지수가 바라본 도심, 강남 한복판의 모습은 그랬다.

어두워진 하늘 아래로 일그러진 땅의 모습이 형해처럼 흉측한 몰골을 드러냈다. 병원을 걸어 나와 거리를 걷던 지수는 내내 먹먹한 가슴에 사로잡혀 그 어떤 것도 생각하지 못했다.

시간이 지나갈수록 통화가 더 어려워졌다. 걷고 또 걸으면서 지수는 휴대폰 폴더 열고 닫기를 수차례 반복했다.

그 어느 곳에도 통화는 연결되지 않았다. 남편 현수도, 우빈도, 딸 세영도, 시아버지 최인보도 연결 불가였다. '통화 가능 지역을 벗어났습니다'란 멘트만 되풀이될 뿐이었다.

강남 사거리 앞에서 지수가 멈춰 섰다. 가장 붐비고 복잡해야 할 시간대를 맞이한 강남 사거리는 유령의 도시처럼 고요했다. 차량은 움직이지 않았고, 이따금 넋을 잃어버린 표정의 사람들만 오갈 뿐이었다.

지수는 가야 할 곳을 찾지 못했다. 그저 멈춰 섰다. 그 자리 그대로 멈춰 서서 마지막으로 다시 한 번 휴대폰 폴더를 열었다. 그 순간, 지수는 발견했다. 한 통의 미확인 문자메시지가 있었다는 걸.

미처 확인하지 못한 문자메시지를 열어본 순간 지수의 손이 떨렸다. 끝내 참았던 눈물이 쏟아졌고, 가슴 깊은 곳에서부터 슬픔의 열꽃이 피어올랐다. 견딜 수가 없었다. 무엇이라도, 누구라도 부둥켜안고 소리 지르고 싶었다. 문자 보내는 법에 미숙하던 현수. 그 두 번째 사랑의 주인공이 오늘 아침 보낸 문자메시지. 짧은 단문의 글이 그녀가 내내 참아왔던 슬픔의 둑을 허물어뜨리고 말았다. 그렇게 허물어진 둑 너머로 쓰라린 물길이 폭풍처럼 몰아쳤다.

[내일, 우리 가족 모두 만나자. 나 노력할게. 정말 많이 노력할게.]

[지수 씨, 사랑해. 그리고 미안해.]

3장

너머의 세상

1

    최인보가 앞장서서 걸었다. 행여 많은 인파 속에서 최인보가 길이라도 잃을까 싶어 세영이 빠른 걸음으로 걷는 최인보의 오른손을 붙잡고 함께 걸었다.

    최인보는 이곳에 들어오는 순간 어린아이가 되고 말았다. 평일임에도 사람들로 장사진을 이루는 잠실역에 위치한 초대형 놀이동산. 신기한 놀이 기구가 즐비한 그곳에 들어선 순간 최인보의 얼굴엔 초로의 남자가 보여줄 수 있는 세파의 고루함이 사라지고 대신 환희에 가까운 웃음꽃이 피어올랐다.

    최인보와 세영의 뒤를 우빈이 따랐다. 함께하는 내내 우빈은 멋쩍은 듯 손을 주머니에 밀어 넣고 걸음을 옮겼다. 몇 년 전부터 알고 지내던 세영 누나였고, 현수 아저씨였지만, 이제는 비록 단어 앞에 '새'란 글자가 붙긴 해도 아빠, 누나라고 불러야하는 사이로 변한 것이 어색했던지 세영과 최인보 곁에 친근감 있게 다가가진 못했다. 그렇다고 그들로부터 멀어진 것도 아닌, 싫지만은 않은 가족 나들이에 동참하는 분위기였다.

    셋을 바라보며 지수와 현수가 나란히 걸었다. 현수가 어느 순

너머의 세상

간 조심스럽게 지수의 손을 잡았다. 지수가 현수를 다정하게 바라봤다. 현수의 얼굴에도 옅은 미소가 번져 올랐지만 차마 지수를 바라보지는 못했다. 고마움보다는 미안함이 앞섰다. 비록 두 번째 사랑을 시작한다 해도 현수로선 뒤늦게 만난 지수에게 사랑하는 사람에게 해줄 수 있는 최소한의 것들을 해주고 싶었다. 첫 번째 결혼에서 제대로 된 식조차 올리지 못했다는 지수에게 웨딩드레스를 입혀주고 싶었다.

하지만 현실은 냉정했다. 아무리 열심히 노력해도 딸의 교육비와 생활비, 이른 나이에 치매를 앓고 있는 아버지 간병비를 치르고 나면 매달 적자가 나는 것을 막을 길이 없는 형편이었다. 그랬기에 현수는 우연히 보건소에서 간호조무사와 보호자의 관계로 만나 인연이 된 지수에게 프러포즈를 할 용기조차 나지 않았다. 그 용기를 대신한 지수가 아니었다면 아마 현수는 지금 이렇게 지수의 손을 잡을 자격조차 없을 거라고 생각했을 것이다. 그래서 현수는 더 미안했다.

미안함과 고마움이 교차하는 길목에서 새로운 가족은 걸음을 멈췄다. 자유이용권을 사고 싶었지만 다섯 명 전부 자유이용권을 살 만한 여유가 없었던 가족이 한 가지 선택한 놀이 기구인 회전목마 앞에서 세영이 최인보를 멈춰 세웠고, 우빈도 멈췄다. 롤러코스터나 자이로드롭과 같이 화려한 재미를 주는 놀이 기구가 아니어서일까. 대기하는 사람은 많지 않았다.

내내 최인보의 손을 잡고 있던 세영이 약간은 어색하게, 하지만 말을 건넬수록 더 친해질 수 있을 거란 생각에 우빈에게 말을 걸었다.

"롤러코스터 탈래? 표 끊을까?"

"아니. 나 롤러코스터 싫어해."

"좋아할 것 같은데."

"나보다 누나가 더 좋아할 것 같은데?"

그때, 현수와 지수가 다가왔다. 현수가 약간은 어색하지만 가장 친근감 있는 동작을 취해 보였다. 우빈의 어깨에 손을 얹었다. 우빈은 처음엔 당황해했지만 현수의 손길을 그대로 받아들였다.

지수는 말없이 세영과 최인보에게 다가가 둘이 잡고 있는 손에 자신의 손을 포개었다. 세영이 지수를 바라봤다. 지수는 세영을 보며 웃었다. 세영의 입꼬리가 살짝 올라갔다. 지수는 세영의 손등을 부드럽게 쓰다듬으며, 다른 손으론 바람에 헝클어지는 최인보의 머리를 만져주었다.

현수가 새 가족을 바라보며 말문을 열었다.

"오늘은 우리 한 가족이 된 기념으로 회전목마만 타자. 하지만 내년엔 롤러코스터도 타고, 그리고 후년엔 자이로드롭도 타는 거야."

우빈이 현수를 바라보며 조심스럽게 물었다.

"그럼, 오늘이 우리 엄마랑 아저씨…… 결혼한 날이 되는 거예요?"

현수가 조심스럽게 고개를 끄덕였다. 지수가 흘깃 현수를 바라보며 우빈에게 말했다.

"너, 세영이 누나 좋아하지? 세영이 누나도 네가 동생이어서 좋을 거야. 그렇지?"

세영이를 쳐다보는 지수. 그녀의 웃음을 보며 세영은 어쩌면 이 여자를 엄마로 생각해도 좋을 것 같다는 마음이 들었다. 마음은 숨길 수 없는 것이다. 아무리 부정하려 해도 자신을 이끌고 가는 마음의 길을 가로막을 순 없다고. 세영은 그 진리와도 같은 사실을 지금 이 순간 깨닫고 있었다.

세영은 대답 대신 자신의 손을 잡은 지수의 손을 힘껏 잡아주었다. 세영의 온기가 느껴졌다. 지수는 기뻤다. 다만 현수가 자신에게 너무 많이 미안해하지 않았으면 좋겠다는 생각뿐이었다. 세영과 최인보가 가장 먼저 회전목마에 올라타고 그 뒤에 우빈이 올라탔다. 현수와 지수는 다음에 타기로 했다. 회전목마가 돌아갈 때, 최인보는 목마 기둥을 붙잡고 어린아이처럼 좋아했다. 유년의 기억 외에는 그리워할 추억의 시기가 상실되어버린 최인보는 아주 어렸을 적 친구들의 등에 업히거나 업어주며 놀았던 목마 놀이를 떠올리며, 목마의 회전이 영원히 계속되길 바라며 즐거워했다.

그들을 바라보던 지수에게 현수가 다가왔다. 다시, 또다시 현수는 지수의 손을 잡았다. 현수의 따스한 체온이 느껴졌다. 이것만으로 괜찮다. 손을 잡아주는 것만으로 당신은 이제 내 전부다, 라고 현수를 바라보는 지수의 눈망울은 말하고 있었다.

그 뜻을 깨달은 걸까. 현수는 더 이상 지수에게 미안하다는 말을 하고 싶지 않았다. 고맙다는 말도 당분간 유예하고 싶었다. 앞으로, 오늘이 지나고 내일이 더 나은 삶을 약속하고 싶었다. 현수는 마지막 한마디만 하고 싶었다. 그 말은 자기 자신에 대한, 자신을 믿고 따라온 사랑하는 지수에 대한, 그리고 가족들에 대한 약속이고 다짐이었다.

"우리 매년 오늘이 되면 이곳에 오자."

"……."

"당신과 나, 아버지, 세영이와 우빈이. 우리 해마다 오늘이 되면 이곳에 오자. 알았지?"

"알았어."

"알겠지? 약속했다? 약속한 거야."

"알았어. 약속할게."

현수가 지수를 끌어안았다. 지수의 가슴속에서 벅찬 슬픔이 밀려들었다. 서글프거나 불행을 느끼는 슬픔이 아닌, 참된 기쁨으로부터 비롯된 슬픔이었다. 그래서일까. 지수는 자신의 볼을 타고 흘러내리는 눈물을 닦지 않았다.

2

멀고 긴 하루가 지났다. 새벽 5시. 희미한 여명이 칠흑 같은
어둠을 뚫고 하늘 우편에서부터 끓어오르듯 꿈틀거렸다.

출입을 통제하는 문도, 사람들도 없었다. 화려하게 빛나던 입
구의 장식물들이 무너졌고, 놀이 기구들 역시 어느 것 하나 제
위치에 제대로 형체를 보존하고 있는 것이 없었다. 무너지고 어
그러져 형해만 남아버린, 느닷없는 폭격 세례로 일그러진 놀이
기구들.

지수가 세영을 끌어안았다.

새벽 1시부터 지수는 무너진 잠실역사, 그곳에서 조금만 더
걸으면 도착하는 놀이공원에 가장 먼저 도착했다. 가족은 약속
했었다. 하루가 지난 오늘, 매년 오늘 놀이공원에서 만나기로.
다섯 가족은 굳게 약속했었다. 비록 조금 이른 시간에 찾아왔
을 뿐이라고. 그럴 거라고 지수는 생각했다. 그래서 그녀는 새
벽 1시, 최인보가 그토록 좋아하던 회전목마 앞에 웅크리고 앉
아 가족을 기다렸다. 언제까지라도 기다릴 것이었다.

기다린 지 4시간 만에 세영이 나타났다. 지수는 신발도 신지

못하고 맨발로 걸어온 세영에게 아무 말도 하지 않았다. 말을 할 수 없었다. 다만 힘껏 끌어안을 뿐이었다. 울지 않았다. 울 수도 없었다.

세영 역시 마찬가지였다. 걷고 또 걸어 이곳에 올 때까지 눈물은 이미 말라버렸다. 그대로 회전목마 앞에서 지수의 품에 안겼다.

이 끌어안은 순간이 지수, 세영에겐 절대의 힘이었다. 둘이 있기에, 가족의 체온을 느낄 수 있기에 둘은 기다릴 수 있었다. 다시 해는 떠오를 것이고, 또 다른 세상이 그들을 기다릴 것이기에 둘은 기다리기로 했다. 남은 가족, 남은 희망을.

〈끝〉

너머의 세상